生命，因閱讀而大好！
Reading creates a wonderful life.

生命，因閱讀而大好！
Reading creates a wonderful life.

生命，因閱讀而大好！
Reading creates a wonderful life.

Antoine et Consuelo de Saint Exupéry, un amour de légende

聖修伯里與康綏蘿的傳奇愛戀

飛行・玫瑰・小王子

作者 ｜亞蘭・維康德烈Alain Vircondelet

資料及圖片提供 ｜約瑟馬丁內・菲克圖歐索José Martinez Fructuoso

譯者 ｜李雅媚

來自天空的小專欄

飛行、女人、文學：聖修伯里所熱中的三件事，讓這個男人變成「年輕的偶像」，要把自己龐大、不靈活的身軀塞進戰機的座艙中，一直以來都相當吃力。他不飛行的時候，這位詩人總是一臉不幸的模樣，就像希臘神話裡的伊卡爾（Icare），他需要逃離日常生活的這座迷宮，逃離「艱辛的世俗生活」所帶來的常規。在他之前，這種世俗生活也讓另一個熾烈的小說家亞蘭·傅尼葉（Alain-Fournier）失望不已，傅尼葉是《高個兒莫南》（*Grand Meaulnes*）的作者（譯註：此書是法國家喻戶曉的作品，在法國所有的文學史教科書中，都有它的節選）。

事實上，飛行、女人和文學擁有一個共同點：能夠讓這個極度敏感的男人達到他所需要的高度，來逃脫他對童年的愛戀，就像氧氣一樣重要。

康綏蘿和這個看破世俗的詩人擦身而過的其他女人不同，她成為他的玫瑰，同時也是小王子的玫瑰。從他們第一次相遇，他就想娶她為妻，儘管歷經數度的分分合合，他仍然鍾情於這份不朽的愛。康綏蘿，這個異國女子，這個善於演說、熱情洋溢的女人，對他而言是一份永誌不渝的愛戀。

為什麼聖修伯里的愛情故事和空中冒險，在他過世六十年後的今天，還能如此打動我們？他一生痛苦地活著，「只因為無法給世人一個清晰明確的真相」，就像一動也不動的信天翁，給我們的印象是很不完美的，有一點困惑，總是處在悲傷和瘋狂的愛情中，一個讓我們明白世人受童年的影響到達什麼程度的男人，這也是小王子給我們的啟示。

聖修伯里自己也承認，他天生就是個「園丁」，一個靈魂的園丁，懂得讓童年世界的影子永不抹滅，懂得讓我們喜歡一個花漾般的女人，她無法模仿的身影蔓延到此書的每一章節。

小王子走了，也帶走了他的玫瑰，然而當你們努力解讀自己的時候，不要忘了開創一片小王子帶給我們的天空：在雲起雲散、物換星移當中，或許你也將發現由這對傳奇戀人所寫下的隻字片語，可以這麼說，這就是來自天空的小小專欄。

法國新聞廣播電台經理
米歇爾·博萊寇（Michel Polacco）

追隨康綏蘿的身影

在康綏蘿身邊生活的這些年，對我而言是難能可貴的經驗，充滿回憶和人與人的接觸，就像駕車一樣，她飛快地駕馭自己的生活，身為她的知己，我負責處理她瑣碎的事務及展覽事宜，這經常需要有過人的精力和隨時待命的準備。

就在我剛畢業的時候，我和康綏蘿初識。當時因為母親留下的一部分財產，我得以來到法國進修法文，母親在我小時候就過世了，她在西班牙慕西亞（Murcia）擁有幾片橙園，在法語聯盟，我認識了康綏蘿的姪子，他把我介紹給她，但在這之前，我就已經聽父親提起過她，我父親是一位律師，曾在西班牙何葛公爵家裡和她碰過面。

一九五七年，在布魯塞爾和她再次相遇，她在那兒辦展覽，她的姪子已經返家，而且突然過世，康綏蘿希望有個人能在身邊陪她，籌備展覽和處理雜務；後來我才知道，她以前就和多位朋友談過此事，出於好意，在展覽結束的時候，我幫了她的忙；她很珍惜可以和我用母語西班牙文交談，西班牙文同樣也是我的母語，我就這樣待在她身邊，直到一九七九年她過世。一直到今天，她的好友也都成了我的好友。

她的吸引力一眼可見，說起話來滔滔不絕、魅力四射，她大量地作畫，而且最常是在夜裡。康綏蘿在巴黎和格拉斯兩地生活，住在一處田園裡，這是她從美國回來時，用《歐佩德》（Oppède）的版稅購買的，此書最早是以英文版問世。她的大門隨時敞開，朋友不計其數，如此盡情地生活。我們在卡達格（Cadaques）遇見過薩爾瓦多・達利（Salavador Dali，譯註：西班牙畫家），也遇到過馬塞爾・杜象（Marcel Dunchamp，1887-1968，譯註：法國畫家），他特地從紐約來看她，和我們度過一整個夏天。在畢卡索（Pablo Picasso）的陪同下，我們到慕然（Mougins）的妙薩得餐廳聽吉他演奏⋯⋯這是幾年幸福又愜意的時光。

因為她濃厚的西班牙口音、她的幽默、說故事的才華，所有人的目光都落在她的雙唇上，畢卡索的攝影師維葉就曾說過這樣貼切的話：「她的一言一行、一舉一動，都充滿詩情畫意。」

康綏蘿深愛著上一世紀兩個偉大的作家，她努力保有對他們的記憶，第一位是在她懷中過世的艾力克・戈梅茲・卡希羅（Enrique Gomez Carillo），在南美洲西班牙文學領域，他和達力歐（Ruben Dario）及納沃（Amado Nervo）是三大最享盛名的作家。這個學識淵博的男人留給她一座藏書超過四千冊的圖書室，而他自己的著作有八十七部。在一九一四～一九一八的大戰期間，他曾是

一個偉大的記者，對於榮譽勛章受之無愧，在康綏蘿文學和藝術養成過程，他是極重要的人物。很自然地，她要求死後下葬在他身邊，就在巴黎的拉雪茲神父墓園（Père Lachaise），安東尼‧聖修伯里並沒有墓地。

然而《小王子》（Petit Prince）的作者依然是她的最愛，她把他比作星雲，比作流星，我還記得她用那獨特的語音稱呼他為「東尼歐」，書寫時是有兩個N的「Tonnio」，就好像要賦予他更剛強的性格。在這幾年裡，我從來沒聽過康綏蘿講過他的壞話，即使偶爾有，那也是在抱怨某種情況，之後又會找藉口替他辯解。

在漫漫長夜裡，她會向我們描述他的冒險故事和他的傷痛，這股如火焰般的熱情，把她和這個不尋常的男人緊扣在一起，她成了他的金羽毛、薔薇、仙女，一部分最美好的記憶，就記載在幾年裡她寫了又寫的手稿裡：《小王子的玫瑰》（Les Mémoires de la rose），小王子獨一無二的玫瑰。

康綏蘿留下了數量可觀的作品：繪畫、雕刻、寫作，她和紐約超現實團體關係密切，杜象、布列東（André Breton，譯註：法國詩人、小品文作家、評論家和編輯）、愛倫斯特、（Max Ernst，譯註：德國畫家，都在法國及美國活動）、達利都是其中一員，懷著對丈夫的記憶，她曾雕刻幾個半身像和布滿星星的小王子。

安東尼‧聖修伯里刻骨銘心的烙印，她應該是引以為傲的，針對提議需要做出決定時，她經常和安東尼的姊姊西蒙討論，她很欣賞西蒙，也珍惜這些意見，康綏蘿終其一生都在表明此心願：想讓世人認識她「永遠的丈夫」的一生和著作，她深受婚姻陰影和別人惡意中傷之苦，但是她知道事實，她的那些文獻資料就是最佳的證明。

現在輪到我，根據她的意願來追逐她的情感，身為這份記憶的保有人，我想和大家分享，在和妻子一起完成大量的搜集之後，從這個特別的女人的行李箱、資料庫去挑選、去分類。我很高興能以康綏蘿‧聖修伯里法定代理人的身分，藉由她的遺物，揭開她部分生活的面紗。她曾對我說過，有一天應該把這份財產展現在世人的眼前。

我真誠希望，在那遙不可及的星球裡，也就是小王子居住的地方，安東尼和康綏蘿終能團聚，親切地看著我們。

約瑟馬丁內‧菲克圖歐索（José Martinez Fructuoso）

一九五〇年代後期，康綏蘿、約瑟馬丁（左）、班尼──法國考古學家，是康綏蘿的朋友，攝於法國南部 Hauts de Cagnes。

SOMMAIRE | 目錄

ANTOINE DE SAINT EXUPERY

布宜諾斯艾利斯
航空中繼站站長

安東尼·聖修伯里三十歲的時候，還無法走出過於幸福的童年，以及曾經被遺棄的感覺——「被迫踏入社會」。聖修伯里身材高大、虎背熊腰、樂觀至極、有眾人都感興趣的撲克牌戲法、幽默、沒有明天的羅曼史、生動的肢體語言，儘管有這麼多的好，他心底的淒涼卻沒中斷過；背負著沒有歸屬的情感及一道祕密的傷口，他只向幾個親近的人吐露這道傷口：他的母親瑪莉，他忠實的朋友何婷，已解除婚約的未婚妻露易絲，還有幾位軍校的朋友，他一再地表明自己存在的痛苦，「厭惡總是短暫的人生」，以及自己的孤獨，他的內心有一股難以駕馭的衝動，一份自己還不知如何發洩的精力，唯一能確定的是「目前的生活了無意義」，「唯一重要的只有內心世界」。他的童年因為漫天飛舞的想像力而昇華，縈繞著主導一切及深情的母親，縈繞著一個因童話、遊戲而令他醉心的部落，他的童年有「溫情補給站」的家庭保護著。在布宜諾斯艾利斯，他依然透露這顆封閉的心：「我所遇過最美好、最平靜、最友善的事物，就是聖莫里斯頂樓房間裡的小火爐，從來就沒有一樣東西，可以讓我這麼確定自己的存在。」，要如何躲避「再也沒有」這種感覺呢？

在遇到康綏蘿之前，聖修伯里在職場和情場上雙雙失利，徒留疑惑和感人的傷口。一九一七年，他準備海軍官校的考試，兩年後，在口試中被淘汰；接著他試著以旁聽生的身分在建築系學習美術，但是不了了之；他夢想當空軍飛行員，也在航空部門服役，但是被指派為地勤的技師；為了學習駕駛民航機，他負債，終於取得飛行的資格，但是前幾次的飛行，卻因為一連串的事故搞得灰頭土臉，也為這位膽大妄為的飛行員寫下傳奇的序曲；他愛上一位貴族女孩——露易絲·維爾莫罕，是在放蕩的學生時代認識的，然而在一九二三年的秋天，這位輕浮的小姐取消了婚約。

安東尼·聖修伯里年輕時的模樣。

聖修伯里的民航機駕駛員的飛行冊子。

聖修伯里和女飛行員馬莉絲。

這是聖修伯里人生第一次的當頭棒喝，他覺得自己在她的心中太醜了，想要重獲佳人的芳心是沒希望了，也不可能再被喜歡……這種苦楚跟隨他好幾年，尖酸嚴峻，事隔五年，他仍然會向母親吐露此類的心事：「我夢想有一個家，餐桌上鋪著桌巾、擺著水果，椵樹下散步，或許還有妻子在身邊……這一切，是這麼地遙遠！」，也因此他就只有「名叫柯蕾特、波蕾特、蘇莉、黛西、嘉比的女子，一個接著一個的出現在身旁，兩個小時之後，他又會覺得厭煩，好像是在候客室打發時間。」

飛行的念頭一直盤旋在心底。多虧他好心的表妹依凡，他開始寫一點報導性的東西，他的表妹在馬拉凱河堤的府邸經營一間文學沙龍：在雜誌裡刊登《飛行員和貝尼斯的逃逸》（*L'Aviateur et L'Evasion de Jacques Bernis*）（譯註：貝尼斯是郵政航空公司的董事），這篇文章後來又收錄在聖修伯里的第一本著作《南方郵件》（*Courrier Sud*）中。一九二六年四月，聖修伯里進入法國航空公司，職責是給新進人員空中的洗禮，受到波塞學院昔日的校長蘇篤神父的推薦，被安排在航空企業總公司董事長身邊，這家公司由拉提奎爾（Latécoère）創立，也就是日後的郵政航運總公司。

在土魯斯（Toulouse），他遇見了嚴苛的開發部經理杜哈（Didier Daurat），聖修伯里接受他鐵般的紀律，所以他談到這段「見習期」時：他喜歡這種嚴屬、這種秩序，打敗他內心的放蕩、他的灑脫、自我中心、晚起的習慣……，在成為土魯斯-卡薩布蘭加航線的飛行員、真正接觸令他嚮往的飛行之前，首先需從技師幹起，雙手沾滿油污。在聖修伯里感人的作品《風、沙、星辰》中（*Terre des hommes*，譯註：原書名直譯為《人類的大地》），紀堯梅攤開地圖，指出障礙所在及有人煙的地方，這位飛行老手告訴他：「靠近卡地斯，三顆橙樹長滿了整個園子！」。熟悉「航線」，「建立聯繫」。

十月的時候，聖修伯里被指派為摩洛哥南部汝比角（Cap-Juby）航站的站長。杜哈已經察覺這位組員耀眼的光芒，他受到黑夜、星辰、靜謐的啟蒙。一些飛行員會定期地遭到俘擄，當這些異端分子無法拿到贖金時，有時還會被殺害，聖修伯里喜歡這些冒險，他挑戰摩爾人這種具威脅性的等待，他是塔塔爾沙漠的戰士，他內心救世主的細胞已經在跳動，他的信中不斷地重複自己過的是「僧侶般的生活」，他對母親描述他在沙漠上的木屋：「這就是所有的東西：一張鋪著薄薄草蓆的木板床、一個臉盆、一個水壺，我漏了這些小東西：打字機和郵政航空的文件！」

安東尼的母親——瑪莉·聖修伯里。
和她的信件往返不曾中斷過

「在黎明時分，
我起程飛往達卡，
我相當高興。這是五千
公里的小航程。」
——安東尼

郵政航空公司經理——杜哈。
給予聖修伯里飛行的機會，首先派他到卡薩布蘭加，然後是汝比角。

郵政航空公司的飛機起航。

來自里約熱內盧的郵件抵達土魯斯。

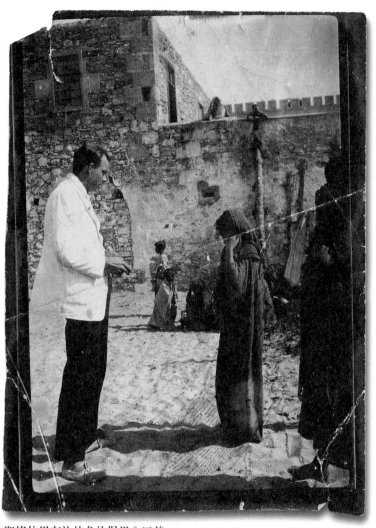

聖修伯里在汝比角的堡壘入口前。

機組人員在此航線的飛機前。
聖修伯里待在莫里塔尼亞的這段日子,感觸良多,「青春活力的心、人與人互信的關係、機組團隊的精神」。

南方郵件

「一九二七年,在汝比角,**我**過的是彷彿是僧侶的生活啊!在整個非洲人煙最稀少的角落,在西班牙境內的撒哈拉沙漠中央,在沙漠中有一座堡壘,我們的木屋挨著堡壘搭建,方圓幾千公里之內不見任何蹤影!

飛機每星期經過一次,這期間會有三天的寂靜⋯⋯

伊斯蘭教士每天都會來教我阿拉伯文,我開始學書寫,而且已經可以應付些許的狀況,我送頂級的茶給摩爾人的首領,他們也回請我到二公里外分裂區的帳篷下品茶,從來都沒有西班牙人到過那裡,而我會更往前走,不冒任何危險,因為大家開始認識我了。」

——安東尼寫給母親的信

「旅途一切順利,
　除了一場故障以及
　飛機墜毀在沙漠裡。」
　　　——安東尼

14

一九二八年，此航線的同事於汝比角，由左到右：聖修伯里、杜梅尼、紀堯梅、李歐·安東尼、馬歇爾·漢尼。

站長聖修伯里，由波納上校陪同。
在汝比角，杜哈很快就察覺聖修伯里的外交才華，他和摩爾人的首領們維持密切的關係，協商釋放他的
同事，這些人是在做勘測飛行時被俘擄的。

15

他下部作品最大的動機，就是來自這沙漠和他的孤獨，他找到自己真正的使命：拉近人與人的距離，「團結群眾」，「帶著無比的寬宏，用生命當賭注」，「服務」。在瓦楞鐵皮的屋頂下，木條箱子充當唯一的桌子，完成《南方郵件》，這本著作敘述精簡、用字犀利，筆觸有力卻帶著一份神祕感。

一九二九年三月，他返回法國，覺得不自在和不同，他感到空虛，「就好像我人不曾在那兒」，然而還是被推薦給伽利瑪出版社（Gaston Gallimard，譯註：法國知名出版社），此出版社支付版稅，把他的故事集結成七部小說出版。他為了試飛拉提（Laté）25及26型的新機種，前往土魯斯之後，他無精打采地陪著杜哈、梅莫茲、紀堯梅在布宜諾斯艾利斯準備開發新航線，在《南方郵件》中曾敘述杜哈在河邊遭到痛毆。「唉！我要去南美洲了。」，他略帶感傷地說，然而在途中，他又恢復了好心情，和女孩子們有說有笑。

如果說他不喜歡布宜諾斯艾利斯，阿根廷卻讓他著迷：綿延的潘帕斯草原，一望無際的大海……杜哈任命他為阿根廷中繼站的站長，對聖修伯里而言，終於得到重要的認同，這是一個高薪的職位：「一個月二萬五法郎，我卻不知如何花用。」十月二十五日，他寫信給母親：「我想您應該很滿意，而我卻有點悲傷，總覺得這樣會讓我年華老去。」如果他最終承認對現況感到驕傲，這是為了取悅他的母親，「這是對您的教育應有的回饋……」。

二十五歲的安東尼。

「我勘察，我累積經驗，我開發新航線。」
　　　　　　　　　——安東尼

一九二九年十二月二日，由阿根廷的郵政航空公司寄出的信，確認聖修伯里在阿根廷的職務。

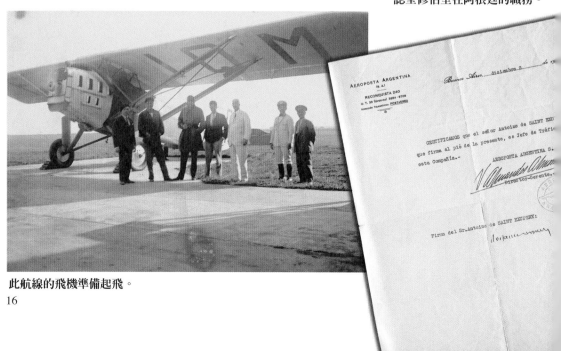

此航線的飛機準備起飛。

聖修伯里和紀堯梅在一架拉提28型飛機的前面。
這兩個男人的相識是個關鍵，經驗豐富的飛行員——紀堯梅，在新手聖修伯里剛到土魯斯時，提供他寶貴的建議，他們一起經歷郵政航空公司的所有冒險故事。

此航線的
飛行記錄。
見證飛行員在執行任務時所經歷的危險，儘管行政工作繁多，聖修伯里還是親自參與南美洲郵件通訊的建立。

ACCIDENTS SUR TERRAINS D'ATTERRISSAGE

...	DATE	AVION	PILOTE	OBSERVATIONS
...vi	8/11/29	645	R.Gross	Fort vent retourne l'avion a l'atterrissage a - San Antonio Oeste.-
Cobadom	29/12/29	644	Mac Leod	Fort vent retourne l'avion allant prendre son - timain.au départ de C.Rivadavia.-
Convoyage Président	3/4/30	915	S.Exupery	Avion perd une roue a l'atterrissage cause d'un choc avec une bosse sur le limite du terrain, en- suite le vent le retourne causant avaries impor- tantes.-
Cobadom	14/9/30	645	Luro	Fort vent incline l'avion deja aun sol a S.A.O. avec avaries importantes.-
Riobumier	17/9/30	646	Gross	Atterrissage par fort vent l'avion touche brutale- ment le sol avec avaries.-
Bariovi	27/9/30	643	Irigoyen	Atterrissage par tres fort vent a C.Rivadavia - cause importantes avaries.-

17

駕駛波特茲（Potez）25，於安地斯山脈上空做勘查飛行。

在布宜諾斯艾利斯，他因此有錢、有使命、有權，所以著手另一本新書。他有幾個知心的朋友，首先是紀堯梅一家人、公司的總經理朱利安和他的妻子，當然還有梅莫茲，他經常外出，留連於夜總會、小酒館、餐廳和咖啡館，頻繁的程度儼然已成了習慣，每個月這份意想不到的薪水都分文不剩，在別人眼中，他是個自我中心的人，是個「小丑」，是個看破一切的人，他在辦公室附近租了一間位於八樓的公寓，就在佛羅里達大道上的格愛美。

在內心深處，他了解自己複雜的性格，嚴重的雙重性，他把布宜諾斯艾利斯視為另一個「沙漠」——「一個沒有魅力、沒有資源、什麼都沒有的醜陋城市」，這是一個「人人都是階下囚……沒有田野的城市」，他寫信給母親：「人們永遠也走不出這個城市，沒有樹木，只有四四方方的田地，田中有間木屋和鐵製的水車……」，他的職責讓他無法隨心所欲地飛行，因為他唯一真正喜歡的是迷失在浩瀚的天空，從中找出航線……「我勘察，我累積經驗，我開發新航線。」。

然而，有時他會飛到麥哲倫海峽，越過安地斯山脈，在自己繪製的飛行圖上，勾勒出群山的輪廓，他喜歡接觸未開發的大地，這給予他無限的自由感，因此飛行是永遠飛在「無盡的黑夜」中，銜接大地與人類，把信件帶給想要得到愛人消息的人、帶給生病的孩童……串連世界每一個小角落，聖修伯里喜歡飛行的快感，喜歡飛行帶給他的約束，喜歡這份無可取代、獨一無二的愛。

「安地斯山脈何其壯觀！我置身在六千五百公尺的高度，就是暴風雪形成的地方，所有的峰頂都從白雪中拋出，就像火山爆發。」
—— 安東尼

在聖修伯里自己作注解的地圖上，他畫出阿根廷郵政航空新航線的所有路徑。

聖修伯里的阿根廷駕照。

19

儘管種種責任在身，他還是無法脫離孩提時期所醉心的王國，因爲這個巨大的盲點，他幾近失望：「從童年以後，我就不確定自己曾經活過」。他寫給母親的信，有幾分普魯斯特的味道——小馬賽爾入睡前的恐懼和喜悅：「當我們躺著的時候，有時您會低聲哼唱……感覺像是大型宴會傳來的回音……有時您打開門，發現我們被一股熱情包圍著……。」這是一個被遺棄的小孩，他寫很多信給他的朋友，向他們吐露自己的感傷，這份困擾一直以來都深藏在體內。在他的信件裡，又提及了對婚姻的渴望，揮之不去，擾人的渴望……和露易絲解除婚約的痛還沒消散，然而在這段期間，佳人早已得到新的安慰，他寫信給她：「我一直認爲有點受寵，因此這顆心完全無法平靜……」，對家庭的懷念、和母親從未中斷過的摯深情誼、那些相遇卻永遠不會是爲人妻爲人母的女人，這一切激起他偏愛理想化的社會，以及人與人的關係。

內心深處的傷痛和悲觀，他永遠也無法除去，根深蒂固地進駐體內，寫給朋友李蘭的信中，不時都可證明這一點：「三千八百公里的航網，分分秒秒都在侵蝕著我，侵蝕我僅剩的青春」……「我覺得沈重」……「就要窒息」；他也提到，但比較少，「我如此緩慢構思的這本著作，可能會是一本好書嗎？」可能或者將會是？他選擇了不確定的條件時態。

消失在安地斯山脈

布宜諾斯艾利斯的月神公園（Luna Park），聖修伯里、諾雅和紀堯梅。

「你已經失蹤五十個小時了，在冬天的季節，就在穿越安地斯山脈時。一從巴塔哥尼亞（Patagonie）內陸回來，我就和飛行員狄雷在門多薩（Mendoza）會合，整整五天的時間，我們各自駕著飛機搜索群山，卻一無所獲，兩架飛機是不夠的，我們認爲，上百空軍中隊用上百年的時間，也無法完成這片山脈的搜尋工作，山脊高達七千公尺，我們完全不抱希望了，冬天的安地斯山脈，是不會把人平安歸還的。」

——安東尼，《風、沙、星辰》

	AVION	PILOTE	ETAPE	Km.	TEMPS	OBSERVATIONS
			ENVOYAGES DE DEPANNAGES ET RECHERCHE DE COURRIERS			
25/4/30	635	S.Exupery	B.As-Sto.Tomé	730		Depannage de Buasmier 23/4/30.
15/6/30	Pzl497	S.Exupery	B.As-Mendoza	980		Recherche Guillaumet
15/6/30	Pzl497	S.Exupery	Mdza-Mendoza	200	1h10	Recherche Guillaumet
20/6/30	Pzl497	S.Exupery	Mdza-San Carlos	105		Recherche Guillaumet
20/6/30	Pzl497	S.Exupery	San Carlos-Mza	105		Recherche Guillaumet
22/6/30	Pzl497	S.Exupery	Mdza-B.Aires	980		Recherche Guillaumet
TOTAL KILOMETRES PARCOURUS				3.100		

一九三〇年六月，當聖修伯里得知紀堯梅在安地斯山脈上空失蹤，他展開全面的搜尋。

紀堯梅駕駛的波特茲25型飛機
被搜尋小組尋獲時，已是這般
模樣。

「十分鐘之後，我起飛
　了，四十分鐘之後，
　在公路旁著陸……這是
　一次美麗的相遇，所有
　的人都哭了，我們把你
　緊抱在懷裡，你還活
　　著，出現在眼前，
　你是奇蹟的創造者。」
　　　　──安東尼

大伙重逢。聖修伯里迎接在安地斯山脈行走了六天的紀堯梅，他臉上布
滿疲憊。

Chef d'escale à Buenos Aires | 布宜諾斯艾利斯航空中繼站站長

六月十三日，紀堯梅在冰天雪地的安地斯山脈鑽石湖區（Laguna Diamante）失蹤，搜尋立即展開，所有的同仁都出發去尋找，聖修伯里來來回回穿梭在安地斯山脈中，試圖在這皚皚白雪中找到最細微的蛛絲馬跡，徒勞無功。紀堯梅走了六天，直到精疲力盡，必須挺住，特別是一定要被尋獲，那怕是屍體也要被找到。在《風、沙、星辰》中，聖修伯里說：「我覺得用不著再找你了，而是守著你的身軀。」，然後到了第七天，大家都深信他永遠消失了，消息就傳來：「紀堯梅！……還活著！」

聖修伯里放下所有的工作，出發去和那已受驚嚇、幾乎垂死的朋友會合，聖修伯里說不出話來，把他摟在懷裡，親吻他，想把力氣和體溫傳遞給他，最後紀堯梅說了這些話：「我向你保證，我做的事情，沒有任何人做得到。」據說聖修伯里日夜守著他，聖摩里斯溫暖的燈光及小火爐暖和了他的朋友。

夏天就在尋獲紀堯梅的喜悅中過去了，聖修伯里覺得心情混雜，的確，飛行在安地斯山脈的上空很雀躍，「一種異常孤獨的感覺」，但也是一份很深的淒涼，「永遠都是這麼的遙遠」。「然而，我早就明白，在法國我過得如此不好。」，聖修伯里複雜的性格，使自己辛苦地活著，脫離自我和人群的感覺，從一出世就已迷失在茫茫人海。

布宜諾斯艾利斯是個沒有靈魂的城市，除了消費，沒有其他事可做，和身材高挑的金髮女郎在舞廳廝混，做盡各種放縱的行為，究竟要如何「找到自己的方向」，他全心等待的「方向」何時才會到來？它會保持家庭的明亮嗎？它會是一個「避風港」，就像他的母親嗎？

安東尼‧聖修伯里，一九三〇年代初期。

> 「三千八百公里的航網，分分秒秒都在侵蝕著我，侵蝕我僅剩的青春和令人鍾情的自由。」——安東尼

寫著收信人是聖修伯里的信封。

由紀堯梅和狄雷製
作的勘測地圖，
繪出所有的路徑，
給此航線所有的飛
行員做參考。

LEGENDE

------ *chemin parcouru lors de la reconnaissance effectuée par les pilotes Deley et Guillaumet.*

▨▨▨▨ *Parcours conseillé par les pilotes Deley et Guillaumet*

ECHELLE 1:250.000

23

> 「所有的人都在談論康綏蘿，就像薩爾瓦多的小火山，在巴黎的天空噴出火焰。」
>
> ——傑曼‧亞希尼亞卡，哥倫比亞駐巴黎大使

來自新世界的女性

在給家人的書信中，聖修伯里無時無刻都在談論她，自己卻不自覺。就這樣，她進駐他的心底，她的名字是康綏蘿‧森山聖多瓦爾（Consuelo Suncin Sandoval）。一九二七年，丈夫戈梅茲‧卡希羅過世，他是瓜地馬拉的作家，擁有阿根廷國籍，也是阿根廷的領事，一年前，康綏蘿和這位長篇小說作家結婚，他擁有幾十本著作，其中一本是瑪塔雅莉的傳記（Mata Hari，譯註：出生於荷蘭，法國籍，異乎尋常的舞蹈家和高級妓女，於一次大戰期間從事間諜的工作），此書引起很大的回響。為了處理丈夫的遺產，康綏蘿前往阿根廷，她必須親自取回所有的現款，在他寄居的國家阿根廷，這些錢當由康綏蘿全權處理，丈夫卡希羅除了留給她一棟位於尼斯的別墅，還有一間位於巴黎卡斯塔蘭街的公寓。康綏蘿也是南美洲人，更確切地說是薩爾瓦多人，來自當地七個首富家族之一，是亞美尼亞種植咖啡的地主。她拿獎學金到美國唸書，十九歲時居住在三藩市，是在那裡和第一任丈夫李夏多‧柯德納（Ricardo Cardenas）結婚的嗎？沒有人知道他是年輕的墨西哥軍官，還是一般的上班族，兩年後死於一場民眾革命或是一場意外。在洛杉磯，奔放不羈的康綏蘿，在酒館邀請正跳著熱情探戈的魯多夫‧范倫鐵諾（Rudolf Valentino，譯註：義大利演員，有「了不起的拉丁情人」的綽號）一起跳舞……。第一次成為寡婦的康綏蘿，要離開墨西哥時，遇見約瑟‧德維斯康塞羅（José Vasconcelos），他是位作家、進步青年運動的傳奇人物，也是教育部長，儘管已婚，而且是兩個小孩的父親，還是拜倒在這位薩爾瓦多年輕女子的風采下，康綏蘿出現在他的自傳性作品中，將前往處理帳目，被視為「獨特、充滿不尋常」的女人，帶點女巫的味道，賦有神奇的魔力。一九二五年，康綏蘿定居在巴黎，當時二十四歲，她的美貌、說故事的天分、她的魅力，立刻在巴黎藝文界引起騷動。

康綏蘿的鉛筆畫像。
用來刊登在丈夫卡希羅擁有的時裝雜誌中。

二十六歲
康綏蘿與大她三十歲的[…]
在巴黎結[…]
他是享譽國際的作家[…]
官，把康綏蘿帶進[…]
藝文[…]

康綏蘿（中）由二位友人陪伴，攝
於一九二〇年代初期。

二十七歲的寡婦

「**我**正爲亡夫卡希羅守喪，懷著年輕人的眞誠，向隆德神父訴說這段愛情故事。在如此短暫的婚姻中，因爲一位五十歲男子而萌生的愛，我繼承了他所有的著作、他的姓氏、他的財產、他擁有的報紙，他把生命託付給我，我想去了解，想讓他重生，爲了紀念他，我想延續他的生命，我只想爲了他而成長，把這份任務當作是送他的禮物。」

哥倫比亞的鋼琴家維涅斯，有雙長了翅膀的手，每天早晨在艦橋上對我耳語：「康綏蘿，妳不是個女人。」我笑而不答。他是我丈夫的摯友，在巴黎認出我來，因爲母親的關係，我和他的朋友擁有相同的姓氏——聖多瓦爾，對李夏多而言，聖多瓦爾意即海洋、風暴、自由的生活、偉大殖民者的回憶。

——康綏蘿《小王子的玫瑰》

ET LES MODES

(Voir l'explication détaillée des gravures page 26).

N verra par notre Couverture, tirée d'abord en noir et en or, puis en couleurs, que nous ne restons jamais insensibles à la beauté et que nous désirons demeurer les pionniers des nouvelles découvertes industrielles qui peuvent enrichir l'immense domaine de la mode.

Comme nous avons eu souvent déjà l'occasion de le dire et de le répéter ici, le succès des FILÉS DE CALAIS a entraîné la Haute Couture et c'est ainsi que la Maison Chéruit n'a pas hésité à créer spécialement pour ce Numéro une admirable robe du soir portant le nom de

Mme GOMEZ CARILLO   Mme ALBERT DIEUDONNÉ

MODE AUX COURSES

時尚雜誌。
康綏蘿定期爲丈夫的流行雜誌充當模特兒。

「我來自另一個始祖，
另一塊土地，另一個部落，
說著不同的語言，
因爲森山這個姓氏，體內流著
印地安馬雅的血液
（當時在巴黎蔚爲時尚），
帶有火山的傳奇故事……」

——康綏蘿

　　「所有的人都在談論康綏蘿，就像薩爾瓦多的小火山，在巴黎的天空噴出火焰」，哥倫比亞作家，也是哥倫比亞駐巴黎的大使傑曼‧亞希尼亞卡這樣敘述。到處看得到她的身影，她令朋友心喜若狂，習慣到美心餐廳（Maxim's）用餐，總是坐在最美的餐桌前，這是瘋狂的年代，她喜歡華麗的生活，身上穿的是出自名設計師普雷（Paul Poiret，1879-1944，譯註：法國新藝術風格的時尚設計師），聖歐諾荷街（faubourg Saint-Honoré）的高級服飾，滔滔不絕、妙趣橫生的言談令人神魂顛倒。她受邀到梵唐生家參加化妝舞會，遇見了卡希羅，這位領事對她一見鍾情，毫不猶豫就和她結婚，天生就是說故事的人，她擁有語言天分，講著流利的英文和法文，在卡希羅朋友的眼中，她就是與眾不同，而這些朋友也不是等閒之輩，馬特林克、梵唐生……丹儂邀請她到士兵湖畔的豪華別墅，發狂似地愛上她：她可能會取代難以忘懷的杜絲嗎？然而她逃走了，搭第一班火車前往法國，如果早出世三十年，康綏蘿也許就會結識費南（Verlaine）和王爾德（Oscar wilde），他們是卡希羅的摯友……在卡希羅的身邊，康綏蘿經常和巴黎藝文界的菁英會面，因為她那異國風情及撩人的美貌，天生獨特的口音，滔滔不絕的言語，讓自己年輕了至少七歲，沒錯，當她搭上橫渡大西洋的馬西里亞客輪前往阿根廷時，正是一九三○年的夏天，她二十九歲，不是二十二歲……大家把她取做東方夜譯（Shéhérazade），擁有令人難以置信的演說技巧，令聽眾著迷，過不久，聖修伯里就稱她為「源源不絕的淙淙流水」。

　　在前往布宜諾斯艾利斯的漫長旅途中，她認識了班哲明‧克米爾（Benjamin Crémieux）和鋼琴才子李夏多‧維涅斯（Richardo Viñes），前者是義大利文翻譯家，替伽利瑪出版社工作，同樣也是此出版社的讀者，這兩位當然也不例外都拜倒在她迷人的風采下，克米爾前往布宜諾斯艾利斯是為了參加法語聯盟（Alliance française）的巡迴講座，他邀請她以貴賓身分出席，並參加隨後的招待會，康綏蘿答應前往，儘管她的行程緊湊，阿根廷的總統私底下和卡希羅是朋友，堅持用最高的禮儀來接待她。

　　在旅途中，克米爾提到了聖修伯里——《南方郵件》的飛行員作家，此人在文學界已經相當有名，他在她面前讚美聖修伯里的才華與體貼，驚訝的康綏蘿渴望和他見面，這不是什麼了不起的事：「在法語聯盟的招待會上，我替妳介紹……」

　　令所有作家都傾心的康綏蘿，已經迫不及待的想和這位剛在巴黎崛起的新秀會面，他天真荒誕的行徑、奇特的個性，讓人歡

「當妳在敘述神奇、喧鬧的故事時，敘述祖國火山的故事時，妳的秀髮在舞動，如果妳想保持美麗，就保持微笑吧！」
——班哲明‧克米爾致康綏蘿

康綏蘿的帽子。

康綏蘿於距離尼斯不遠的密拉杜別墅，為前夫卡希羅所有。

康綏蘿在開往阿根廷的馬西里亞客輪上。
她前往處理卡希羅過世後的一切，
左手邊是維涅斯，右邊是克米爾，
「在船上，我戴著一頂風帽，對著克米爾
這號人物，他有著猶太人的髮型，
眼光炯炯有神，
聲音熱情四溢。」

阿根廷報紙全是康綏蘿抵達
的報導，年輕寡婦抵達
布宜諾斯艾利斯，
「記者們的攝影機在我四周
咔嚓咔嚓響。」

樂也讓人張皇失措。

客輪航向布宜諾斯艾利斯，就在抵達的前一天深夜，維涅斯即興創作一首曲子獻給康綏蘿，把它命名為「馬西里亞客輪上的女孩」。

「因為妳落落大方，客輪上的女孩……」他補充說。

一抵達布宜諾斯艾利斯，馬上受到總統幕僚的接待，閃光燈在她四周咔嚓咔嚓響，誰能料到卡希羅的遺孀竟是如此年輕美貌呢？她成了各類社交活動、各種場合的旋風，是總統邀請的貴賓，大家都湧向她、歡迎她、恭維她，儘管受到吃緊的革命威脅，她的行程還是滿檔。用完晚餐後，緊接著是晚宴，克米爾打電話提醒她，在法語聯盟的講座結束後，在藝術之友沙龍還有個雞尾酒會，康綏蘿保證會到場，也許是悄悄被聖修伯里吸引了吧，因為他也說會去參加。在招待會上，康綏蘿並未遇見聖修伯里，也覺得有點無趣，她決定離開，向衣物間拿了大衣，然而有位身材魁梧的男士攔住她，故事發展到此，稍後應該讓康綏蘿自己敘述；在《小王子的玫瑰》中，她將以自由、隨性的筆調來回憶這次的邂逅，對她而言，這種方式是最恰當的。

她這樣描述，「這位有棕色頭髮的男士，身材這麼高大，以至於必須抬起雙眼仰望天空，才能看得見他。」

「班哲明，你沒事先通報有漂亮的女人會來參加，謝謝你。」

然後他轉身向著我：

「不要走，請坐在這張沙發上。」

他這麼用力地推了我一把，我因此失去平衡，跌坐下來，他對我說抱歉，而我想抗議卻說不出話。

最後我開口說：「你到底是誰？」我試著用腳尖頂碰地毯，因為我完全身陷在這張又深又高的扶椅裡，克米爾說：「對不起，真是對不起，我忘了替妳介紹。安東尼·聖修伯里，飛行員，他可以讓妳俯瞰整個布宜諾斯艾利斯，還有星辰，也因此他很喜歡星星。」

聖修伯里順勢就馬上提議搭飛機去兜風，這群人高興極了，一小時的路程之後，抵達機場，起飛了，聖修伯里充當導遊，指出各種地形、群山、大海。

－「看那裡，那是拉普拉塔河，希望妳不會暈機。」

－「有一點。」

－「拿著，這是暈車藥，張開嘴巴！」

康綏蘿描述，他把藥丸放進我嘴裡，緊張地握住我的手：

「面對一個漂亮的女人，我就沒什麼話好說，只想看著她微笑，知識分子總是會讓漂亮的臉蛋不知所措，為了向她解釋，用盡所有的話語，最後，他們再也看不到她的微笑。」
——安東尼

安東尼的身分照片。

「這封信是我心底的風暴，生命中的巨浪，它將從遙遠的地方飛向妳。」
——聖修伯里寫給康綏蘿的第一封情書。

II

sais installé ici dans une petite Hôtel avec un jardin plus petit que cel du mirador. mais j't'assure que tu te plairas dedans

Dit moi, pense tu sérieusement comme une grande fille.

Veux tu venir a passer quelques mois avec moi mais dépêche toi. J'ai

III

luie cette maison pour 6 mois, et si tu ne vien passe je partirai avant le 6 mois ailleurs.

J'ai de nouveau dans ma vie, je pense que j'approche le bonheur mais je me suis pas sure.

écris moi vite.

je donne ton adresse a Lucien, si il bien te voir ne le racorte pas que je resterai 6 mois ici

和安東尼相遇不久之後，
康綏蘿寫了此信給她的朋友。
「在我的生命裡，
出現了新的心上人，
幸福向我靠近，
但我還不是很確定。」

康綏蘿於尼斯的納格索格府邸，
就在她前往阿根廷前。

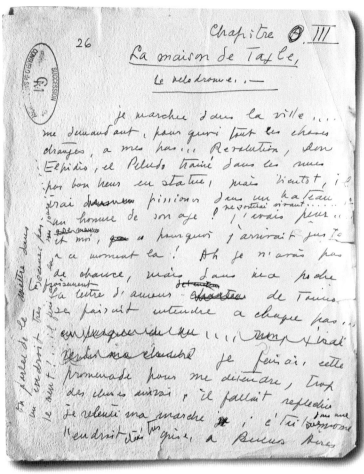

《小王子的玫瑰》手稿第三章，塔戈爾的房子。

塔戈爾的房子

「**為**」了婚禮，我們在塔戈爾租了一間漂亮的房子，幾個朋友前來祝賀，大伙等著我未來婆婆蒞臨婚禮。李夏多一直都在音樂會中演出，他來到家裡，讓我們大飽耳福，他的才華震懾了東尼歐的幻想。這房子不大，但是露天咖啡座為它增添不少光彩，還有一間小套房，我在裡頭擺設一個有金色活塞的波爾多（Porto）小木桶，牆上掛一張駱駝皮，幾隻用稻草填塞的動物標本和幾幅畫，朋友們稱這房間為小搗蛋房。我是幸福的：當我們在內心深處尋找奇蹟時，我們找到了。」

　　　　　　——《小王子的玫瑰》

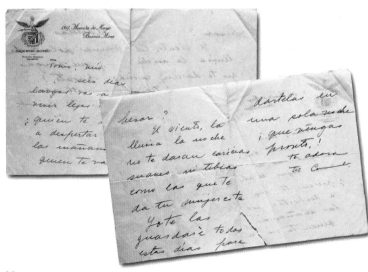

康綏蘿以西班牙文寫給聖修伯里的信。
「這麼長的日子裡，
你都將離我這麼遙遠。
這樣一來，
誰會在清晨時分等你呢？
誰又將擁抱你呢？
風、月亮、黑夜無法給你像妻子般的溫柔愛撫，
這些日子，
我會把愛撫保存起來，
在某個夜晚，一次給足，
快點回來吧，我愛你。
你的康綏蘿。」

賢优儷首次一起拍攝的照片之一。

「我把未婚夫關在工作
　室，平均每完成五、
　六頁的稿子，他就有權
　來到我們的新房，
　提前可不行，他喜歡我
　訂下的遊戲規則。」
　　　　　——康綏蘿

署名給安東尼・聖修伯里的
　承租收據，位於布宜諾斯
　艾利斯附近的塔戈爾房子，
　是這對新婚夫妻的庇護所。

33

「多麼小巧的手啊！根本就是小孩子的手！把雙手永遠地交給我吧！

—我可不想失去雙手。

—笨啊！我是在求婚！我喜歡妳的手，想把它們佔為己有。

—聽著，我們認識才幾個小時！

—看著好了，妳會嫁給我的。……」

「漂亮的雙唇在微笑」，如韓波（Rimbaud）所說，她的唇，就像索妮雅（Sonia Delaunay，1885-1979，譯註：索妮雅・德蘿蘭，烏克蘭出生，法國抽象畫家和設計師）會旋轉的作品中，輕快又多色彩的圓圈圈！

一九三〇年九月，對聖修伯里來說，布宜諾斯艾利斯突然不再有被放逐的苦澀滋味。他到處宣傳自己的喜悅和幸福，還寫了一封幾十頁的信給她，冗長又狂熱，他說：「這封信是我心底的風暴，生命中的巨浪，將從遙遠的地方飛向妳。」

在離開布宜諾斯艾利斯前，克米爾溫柔地擁抱他們兩位，他對康綏蘿這樣說：「聖修伯里是個大人物，督促他寫作，你們倆將會成為大家的話題。」

事情因此成了定局，他們在格愛美的小公寓度過第一次的浪漫夜晚，康綏蘿甚至沒有時間來審視整個情況，聖修伯里至極的熱情把她領進言語、承諾、親吻的風暴中。只愛高挑金髮美女的他，剛剛愛上一位嬌小、帶點野性的棕髮女子，他著了她的魔！革命如火如荼地展開，政府被推翻，而康綏蘿的護花使者被免職了，再見了，卡希羅的一切！聖修伯里表示這沒什麼了不起：「與其當名人的遺孀，不如當個會盡全力保護妳的活人的妻子。」

簡單幾句話，聖修伯里就把卡希羅抹去，她甚至無法反駁，輪到她陷入愛情的舒適快感當中，兩人在槍林彈雨中約會，為了掩人耳目，他們貼牆而行，他們躲進教堂裡，他們在屋頂上拍攝街頭的格鬥，兩個人都愛這種超現實的氣氛、這種小搗蛋的把戲。然而聖修伯里週期性的病態性格，就在他們相識幾個月後出現了，他的家庭非常不看好他們的愛情故事，康綏蘿成為「快樂的寡婦」，她就像是職業的靈感啟發者；大家還不認識她，但她已經變成掃興的人，就像聖修伯里的姊姊西蒙這樣稱呼她「討人厭的女人」，或是叫她「偽君子」……。

聖修伯里那撒旦、軟弱、不安的一面漸漸浮上檯面。家庭的影響力是至上的，他離開康綏蘿，又回去找她，帶著香檳乞求原諒，之後又毫無音訊地離開。

安東尼・聖修伯里
在一次搭火車往巴塔哥尼亞的途中，紀堯梅替聖修伯里攝影。

「我窺視他的雙手，
是雙漂亮、完美、健壯、
纖細、同時又有力的手，
是藝術家的手，
他的性格也透露出
藝術家特性，
我雖然害怕，還是
把自己託付給他。」
——康綏蘿

郵政航空公司的飛機準備起飛。
儘管革命讓阿根廷動盪不安，聖修伯里還是繼續他的飛航任務，而康綏蘿要學習的正是等待和擔心。

一九三〇年，布宜諾斯艾利斯郵政航空公司大樓。

「有一天，我人在南部
　的巴塔哥尼亞，
　在那兒的沙灘上，
　我們發現了幾千隻
　成群結隊的海豹，
　於是我們捉了幾隻，
　把牠們帶上飛機。」
　　　　　——安東尼

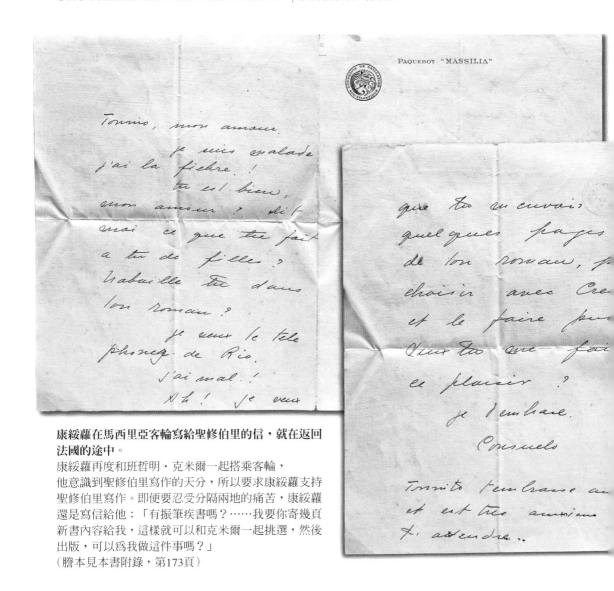

康綏蘿在馬西里亞客輪寫給聖修伯里的信,就在返回法國的途中。
康綏蘿再度和班哲明‧克米爾一起搭乘客輪,
他意識到聖修伯里寫作的天分,所以要求康綏蘿支持
聖修伯里寫作。即便要忍受分隔兩地的痛苦,康綏蘿
還是寫信給他:「有振筆疾書嗎?……我要你寄幾頁
新書內容給我,這樣就可以和克米爾一起挑選,然後
出版,可以為我做這件事嗎?」
(謄本見本書附錄,第173頁)

第一滴眼淚

「我們已經訂好近期準備完婚,當他母親抵達時,就一起到市政廳註冊,我很高興。如果她沒辦法出席,那麼我們就等她來參加正式的結婚儀式,和他一樣,我穿著新衣服,「姓名?住址?女士優先。」我給了名字和地址,接下來輪到他。他全身發抖地看著我,哭得像個小孩,而我並沒有哭,不行,這太感傷了,我叫出聲:「不要,不要,我不要和一個痛哭流涕的男人結婚。」我拉著他的袖子,然後發瘋似地一起走下樓,就這樣結束了,我覺得我的心就要跳出來,我還在發抖,愛情之旅就這樣畫上句點。」

——康綏蘿《小王子的玫瑰》

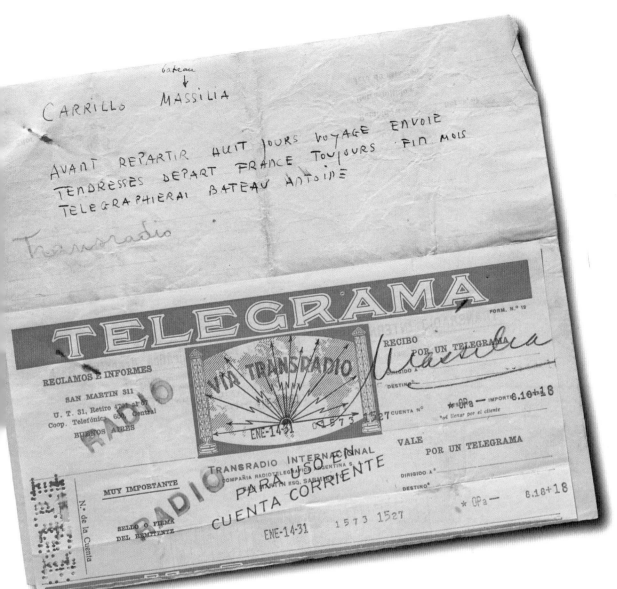

CARRILLO BATEAU MASSILIA

AVANT REPARTIR HUIT JOURS VOYAGE ENVOIE
TENDRESSES DEPART FRANCE TOUJOURS FIN MOIS
TELEGRAPHIERAI BATEAU ANTOINE

Transradio

TELEGRAMA
FORM. N.º 12

VIA TRANSRADIO

RECLAMOS E INFORMES
SAN MARTIN 311
U. T. 31, Retiro 4701 al 07
Coop. Telefónica, 660 Central
BUENOS AIRES

RECIBO POR UN TELEGRAMA
DIRIGIDO A
DESTINO
* OPa — IMPORTE 8.10+18
CUENTA N.º

TRANSRADIO INTERNACIONAL
COMPAÑIA RADIOTELEGRAFICA ARGENTINA S.
SAN MARTIN ESQ. SARMI

PARA USO EN
CUENTA CORRIENTE

VALE POR UN TELEGRAMA
DIRIGIDO A
DESTINO
* OPa — 8.16+18

MUY IMPORTANTE
N.º de la Cuenta

SELLO O FIRMA
DEL REMITENTE
ENE-14-31   1573 1527

安東尼給康綏蘿的電報。
在他們無法完婚之後,康綏蘿決定一個人回法國,但是阿根廷郵政航空公司的經理聖修伯里並不想任由她這樣,試圖要挽留她:「就在船出發前,我睡著了,當我醒來時,人已置身在海上,警長帶了一封電報給我,是聖修伯里發的。有人也告訴我,他正飛在客船的上空……偶爾會向我做些大動作打招呼,我怕死了。」

CHARGEURS RÉUNIS
SERVICE DE LA Cᴵᴱ DE Nᴼⁿ SUD-ATLANTIQUE
1ère Classe
Bagage de CABINE
appartenant à Mᵐᵉ Consuelo de gomez carrillo
Cabine Nᵒ
Couchette
Destination:
BORDEAUX

「無論妳身在
世界的哪個角落,
我都要來和妳會合,
和妳結婚。」
——安東尼致康綏蘿

寫有康綏蘿·卡希羅
的行李標籤。

10. - NICE. — Promenade des Anglais et les Bains. - F. L.

在西班牙短暫相聚之後，在等待婚禮的同時，安東尼和康綏蘿住在尼斯的密拉杜別墅。

「我喜歡他，但是我衡量沒有他的日子是多麼的平靜，從布宜諾斯艾利斯塔戈爾房子打來的電話，讓我快瘋了，於是，有一天，我決定了：『好吧，我就去阿爾梅尼亞找你。』」
——康綏蘿

　　他們的生活劇本就這樣明朗化，康綏蘿為它揭開序曲，驚慌失措之際，芳心還是被虜獲，於是他們決定步上禮堂。然而就在抵達市政廳的時候，聖修伯里含著淚水拒絕說「願意」，因為他的母親沒有來參加……康綏蘿決定離開他，當時是一九三一年的年初，她橫渡大西洋回到法國，另外一方面，也有人橫渡大西洋來到布宜諾斯艾利斯：聖修伯里的母親瑪莉已經在船上，她想去找她的兒子。浪漫的結合並沒有因此就結束，在分離的日子裡，聖修伯里對她的愛戀更深，他哀求康綏蘿給他時間，最終的結論就是到西班牙的阿爾梅尼亞和他相聚，「什麼事我都願意……巴倫西亞人……小旅館的人……對我倆年輕歲月的嘲笑……」

　　一椿財務醜聞使得郵政航空公司破產，杜哈辭職，為了表示和他同一陣線，聖修伯里拒絕前往阿根廷，他不再是當地的經理，也不再有收入：艱辛的日子就要開始。

　　一九三一年四月，紀德（Gide，1869-1951，譯註：法國作家）和聖修伯里的貴人——他的表妹依凡，在法國法爾省（Var）度假，就在聖修伯里的妹妹位於亞蓋的家附近，他們兩個是首位閱讀《夜間飛行》（Vol de nuit）的人，當時書名還未定，然而紀德已經很興奮，自願要替此書寫序言。

聖修伯里和他母親瑪莉的船票
在康綏蘿離開之後，
聖修伯里的母親到布宜諾斯艾利斯和他會面，幾個星期之後，他們一起回歐洲，向家人宣布他和康綏蘿的婚事

康綏蘿和安東尼在法國南部。

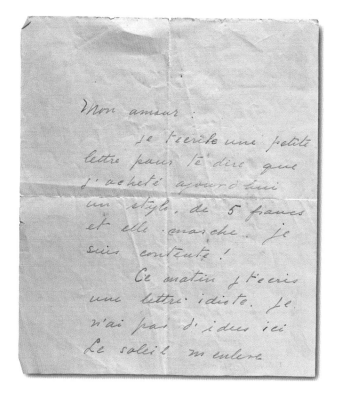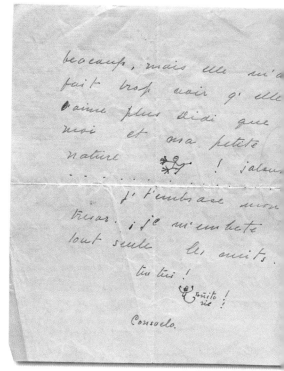

康綏蘿的信

「**親**愛的，我寫信給你是要告訴你，今天我買了一隻五法郎的筆，而且還可以寫，我覺得很高興！這個早上我給你寫了一封愚蠢的信。現在的我腦袋空空，陽光帶走了我的思緒，我曬得很黑，你還會愛我嗎？星期六我們要為你辦個野餐，星期六早上要早點回來。

我睏了，整個早上都躺在陽光下，就在紅色岩石的懸崖邊，那裡有個滿是深藍浪濤的岩洞，娣娣（Didi，康綏蘿的小姑）不許我在那邊玩水！我等你回來一起去游泳，今天我們和畢埃爾要去尼斯，因為要確定婚禮的日期。

媽媽要我向你問好，她對我很好，我很喜歡她，但是她讓我覺得她比較喜歡娣娣！很嫉妒！

獻上我的吻給我的愛，一個人的夜晚，倍感無聊。」

——康綏蘿

安東尼給康綏蘿的信。

mes pensées.
J'ai brunis beaucoup
m'aimeras tu ?
Pour Samedi on a
préparé un pin-nic
pour toi, rentre des
bonheur le matin du
Samedi.

J'ai sommeil. Tout
la matiné j'étais couché au
soleil au bord d'un
precipice de rochers

(ranchos) rouges. que far-
ment une grotte marine
remplie des vagues bleu-
-noir. Et didi m'a em-
peches de jouer avec. !
J'attende pour nous
baigner las tous les deux
aujourd'hui nous allons
a nice avec Pierre. pour sa-
voir la date des mariage
didi s'enrae de ne avoir de
date fixe pour ses amis.
mamá t'embrasse. Elle
très bon pour moi. J'aime

「什麼事我都願意……
巴倫西亞人……
小旅館的人……對我倆
年輕歲月的嘲笑……」
——康綏蘿

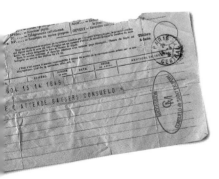

一九三一年四月十五日，康綏蘿給
安東尼的電報。
為了婚禮能夠如期舉行，康綏蘿在
亞蓋等安東尼

正在野餐的安東尼和康綏蘿。

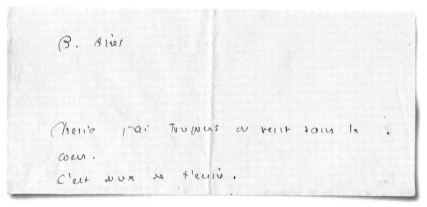

安東尼給康綏蘿的信。

康綏蘿和安東尼在密拉杜別墅
（上圖和右頁）。

康綏蘿的髮簪。

　　康綏蘿覺得格格不入，她在夫家並沒有受到很好的款待。當然是因為太漂亮，在這個鄉下、保守、天主教的地區，毫無疑問是因為她的美貌，她太過自由、太不遵從貴族的常規、太多話、不夠低調也不夠內斂……夫家讓她明白了這點，於是她探聽關於這個家庭的源頭及名聲，她企圖讓聖修伯里打消荒唐的計畫，為此她試著讓家庭關係發揮作用。受到依凡的煽動，紀德在《紀德日記》（Journal）中談到：「聖修伯里從阿根廷帶回一本新書和一個未婚妻，我看了書，也見著人，我很恭喜他，當然指的是新書的部分。」這樣的話有如利爪，在巴黎文學界留下令人不悅的痕跡，即使未曾見過康綏蘿，大家對她所謂乏善可陳的個性已有了預警……

　　很快地，她也因此自我防衛起來。除了主動和南美洲女人的野性美，她沒有其他迷人之處，她反駁所有的指控，假裝沒聽見這些侮辱。西蒙把她叫做「愛作戲的女爵」，也有人說她是女巫，說她迷惑聖修伯里，但他並沒有就此讓步，儘管還要依賴這個他引以為傲的家庭。聖修伯里的母親馬上明白，他是不會改變心意的，也就識相且機靈地接受，而她和兒媳的關係也將因此變質，但是在康綏蘿想盡辦法被接受之前，對她是保有一份尊重和某種情感。然而一直到她過世，康綏蘿都不曾融入這個聖修伯里醉心的「部落」。

　　一九三一年四月二十三日，他們將在亞蓋舉行正式的婚禮，當天，還在為卡希羅守喪的新娘，全身黑色打扮，花邊禮服配上黑色頭紗，手上握著一束紅色康乃馨。

　　有些人並沒有看見不祥的預兆，有些人看見的是又一樁荒誕行徑……

> 「經過幾天幾夜的飛
> 行，他可以依然臉色紅
> 潤、滿是笑容，
> 他可以豪飲一頓的酒，
> 或者幾天不喝一滴水，
> 對他而言，
> 就只有空中的風雨及
> 心中的風暴，
> 才有固定的時刻表。」
> ——康綏蘿

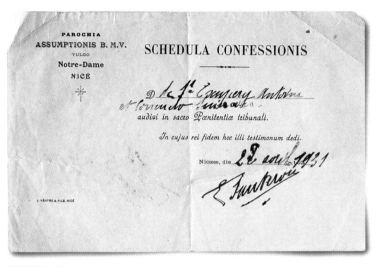

安東尼・聖修伯里和康綏蘿・森山的告解證書和結婚證書。

致賀電報。

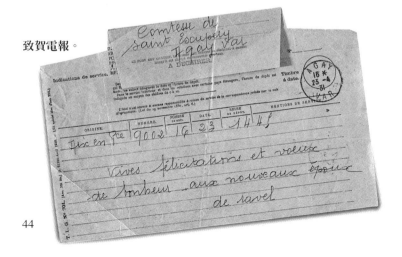

四月二十三日的婚禮

「亞蓋的畢埃爾提供城堡給我們當作婚禮的場地。沒錯，我們滿心期待著婚禮，亞蓋的家族避開所有的社交活動，謹慎行事，把所有的漁船和汽艇安置在一公里外的地方，城堡的內部陳設非常簡單，幾間石造的大房間，鋪著堅固的石板，可能幾代下來都不會磨損。婚禮當天，我的小姑娣娣分送花和亞蓋農莊的酒給所有當地的居民；大伙歡笑、歌唱……萬里無雲的天空、宜人的徐風。

東尼歐說，就好像在夜間飛行時，能鼓舞電報員和飛員的氣象，在郵政航空公司的年代，當他們飛越綿延的里約奧歐時（**Rio de Oro**，譯註：位於古巴），如果飛機在那裡故障，他們就會粉身碎骨。」

——康綏蘿《小王子的玫瑰》

安東尼和康綏蘿，在亞蓋舉行婚禮的當天。
還在為卡希羅守喪的康綏蘿，身穿黑色禮服。

一九三一年四月二十二日，在尼斯辦理結婚登記時，所發的戶口名簿。

喜宴的菜單，上頭有聖修伯里的手繪草圖。

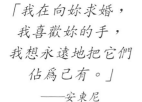

「我在向妳求婚，
我喜歡妳的手，
我想永遠地把它們
佔為己有。」
——安東尼

45

> 「這就是我們在一起的日子，你來我往、錯過彼此，有愛有淚、有分有合……」 —— 康綏蘿

在縱情與破裂之間

為了供給自己生活所需，聖修伯里接受一個夜間飛行的工作，在南美洲航線上往返卡薩布蘭加和艾諦安港（Port-Etienne），他寫道：「再次回到撒哈拉沙漠，感受不到太多的喜悅，偶爾還會覺得已經耗盡這裡所能給我的一切。」

康綏蘿追隨他來到這裡，就像未來的日子一樣，她將永遠夫唱婦隨，她開始體會到身為飛行員的妻子，日子是難捱和孤單的。她活在等待丈夫歸來的焦慮中，當別人說她庸人自擾和水性楊花時，她也不抱怨，現階段的她正如丈夫所言，「是我安定的根源」。她布置家裡，準備好新鮮蔬菜、蕃茄、沙拉、小黃瓜、小蘿蔔，她說：「我是唯一會利用空的汽油罐來盛菜和做奇怪包裝的家庭主婦……把冰牛奶裝進保溫杯，新鮮的肉放在小冰塊上，雞湯放進保溫杯中，全部貼上標籤……對我來說，這就是生活：供給他在夜間飛行所需的能量。」這也是聖修伯里為他們兩人生活訂下的規矩。

康綏蘿很快就察覺，這道壕溝把她和那封來自布宜諾斯艾利斯的冗長情書隔離了，那裡頭是充滿情意的偉大宣言，「他對我說，他的生活就是飛行，他覺得我輕巧，想要把我帶著走……他還說他深信，在這個世上和我相遇，就是要以飛快的速度來迎接我，我將成為他的花園，他會為我帶來光彩，我給他這片農地、人類的大地、家庭的大地、一杯特別為他煮的熱咖啡，旁邊總有一束花等著他歸來……」，情書的假象，吹噓的愛情……

在九月的開學期，《夜間飛行》出版了，書名是他們兩個一起決定的，在紙上寫下幾個可能性，聖修伯里傾向《沈重的夜》（*Nuit Lourde*），但是康綏蘿覺得《夜間飛行》比較好，於是就採用了《夜間飛行》……

聖修伯里的卡通畫像，
作品的日期和作者不詳。

安東尼給康綏蘿的
「親愛的金羽毛，今天
強風，風沙漫
整個沙漠滿是塵
看不見任何束
你在離我二千公里
寧靜別墅酣睡
而透過我們房屋的木板
我傾聽著每當風沙捲
就會傳出的古老怨言

康綏蘿的
肖像。

Ⅱ

nous, attendre.

mon mari chéri, de[?]
votre moteur ronfl[?]
dans mon cœur.
je sais que dema[?]
nous serez assise
cette même table
prisonnière de mes y[?]
je pourrai, nous
vous toucher. . . .
et la vie de Casa[?]
aura un sens p[?]
moi,
et mes difficult[?]

Mon Ketzal

Vous est déjà dan[?]
le ciel, mais je ne vous[?]
pas. Il fait nuit, et
vous est encore loin.
j'attendrai le jour.
je dormirai pendant
que vous approchez no-
tre maison.

J'irai au terrain[?]

從卡薩布蘭加郵寄給
安東尼・聖修伯里的
信封袋。

「金羽毛，有人這麼喜
歡妳，所以想在他的
靈魂裡、他的內心裡，
尋找可以給妳的東西，
但是找不到什麼
好東西，
除了他偉大的愛。」
——安東尼給康綏蘿的信

III

... menage une raison
... le souffrir.

... tout, tout mon
... iseau sorcier sera
... eau de que nous me
... hanterai

"Que Dieu veuille
... sa grandeur Te
                    proteger"

... Plume d'Or.

我的魔鳥

「你已經在天空，但是我還看不到你，夜幕已低垂，你還在遙遠的天邊，天亮後，我會繼續等你，當你向我們家靠近的時候，正是我睡覺的時間，我會到機場等你，親愛的丈夫，你引擎轟隆隆的聲音在我心裡響起，我知道明天你就會坐在這張桌子旁，囚禁在我的眼中，我可以看到你、撫摸你……卡薩布蘭加的日子對我就變得有意義了，這就是我得忍受整理家務的理由，而這一切的一切都將是美好的，當我的魔鳥歸來對我高歌時：『上帝是如何把妳保護在祂崇高的愛當中啊。』」

——金羽毛

他們住在卡薩布蘭加的日子，聖修伯里為他的妻子編寫書信的範本，當時她的法文掌握得不好，康綏蘿同樣把它們保存在她的文獻中。

「他還說他深信，
在這個世上和我相遇，就
是要以飛快的速度
來迎接我，
我將成爲他的花園，
他會爲我帶來光彩，
我給他這片農地、
人類的大地、家庭的大
地、一杯特別爲他煮的熱
咖啡，旁邊總有一束花
等著他歸來。」
——康綏蘿

我愛他……

「東尼歐不知道如何談論自己，或者說是他不想，他看這個世界的方式、他對這個世界的感受，很肯定地是來自他的童年：他從不談論自己、不描述自己，總是把焦點放在聆聽他說話的對方。

我還記得他說過一句話：愛一個人，是不需要掛在嘴巴上的，這就是他的個性，對他而言，愛是自然的東西，和他生活在一起的人很難受得了他，因爲他把自己完完全全地封閉在心底，絲毫都不透露出來……

……

我愛他，因爲他的笨拙、他詩人的氣質、他那巨大的身軀藏匿著敏感的靈魂，他懂得不費吹灰之力就把很重的障礙物移開，就好比他能優雅地用相當輕薄的航空信箋，剪裁出紙飛機一樣，然後從我們家的露天咖啡座往天空一拋，落到鄰居的家中……」

——康綏蘿《小王子的玫瑰》

安東尼給康綏蘿的信。
聖修伯里經常前往土魯斯，在郵政航空公司倒閉之後，他進入拉提奎爾，擔任水上飛機試飛駕駛，康綏蘿不在身邊時，他就寫給她一些充滿柔情蜜意的信。

REGISTRE DU COMMERCE TOULOUSE B 349

SOCIETE ANONYME
DES
Grands Cafés de Toulouse
CAPITAL : 3.455.000 FRANCS
entièrement versés
SIEGE SOCIAL :
15, place Wilson, 15

CAFE-RESTAURANT LAFAYETTE
Téléphone 52
GRAND CAFE DE LA COMEDIE
Téléphone 22
GRAND CAFE GLACIER DES AMERICAINS
Téléphone 21
RESTAURANT DORE
15 bis, place Wilson

Toulouse, le 193

Mon trésor bien aimé
Tu me manques trop. Si je peux j'irai te voir
Dimanche. J'espère que tu es heureuse et fais la sieste
au soleil. Et que ma petite maman te soigne comme si
c'était moi. Et que tu deviens de plus en plus belle.

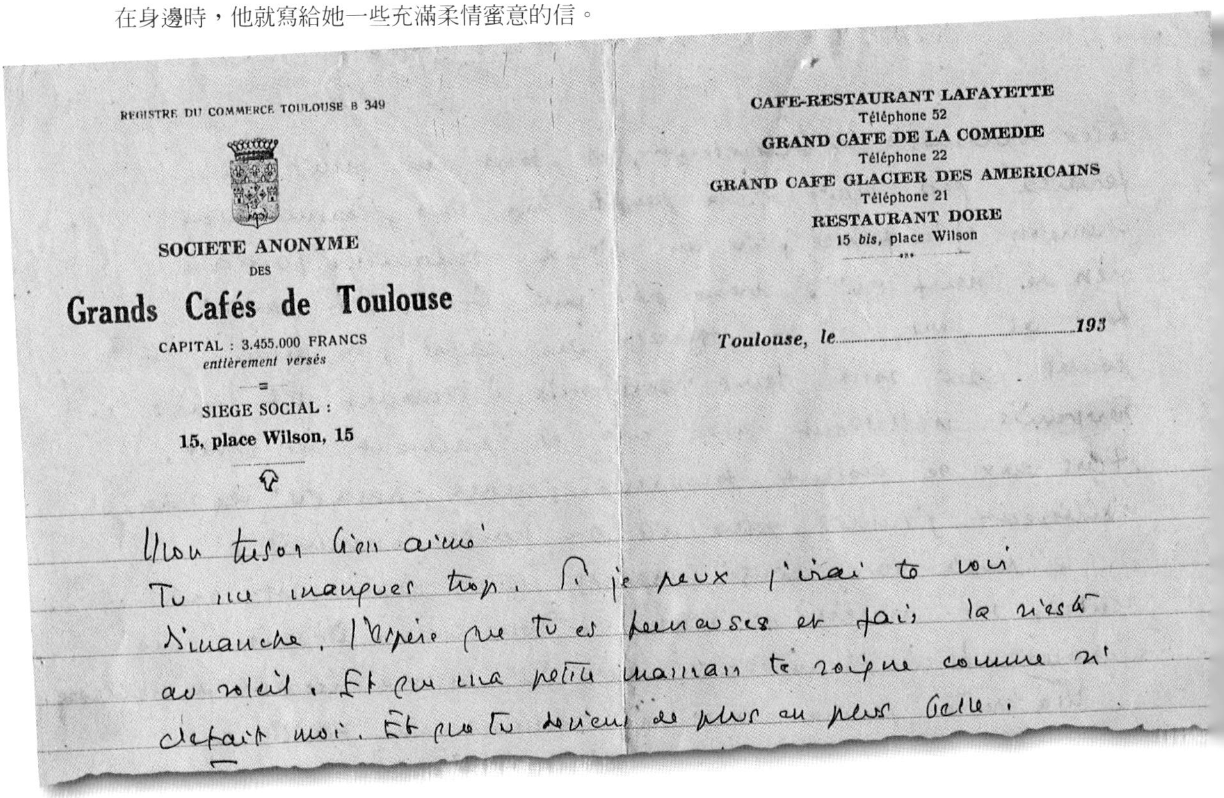

安東尼和康綏蘿婚後不久的合影。

Mon Tonnio:

Je suis installe dans la plus belle chambre de la maison. Maman avait prepare tout pour nous deux. Il faut que tu viens un peu pres d'elle . Ton livre et ton portrait l'on console de ne pas recevoir tes lettres.

Je suis tres bien ici mais loin de toi je ne suis pas contente. et toi mon amour? Je tachaire de rester ici quinze jours, pas plus, Maman attende grande mere tante Mad, Oncl X, deux persons anglaises et Didi et cie, et je n aime pas etre oblige a certaine politese journaliere que on doit a la famille

Je te prie de te soigner serieusment , pense que je suis deçu de ne pas aller vivre avec toi dans le Marroz, car a Paris , les amis nous vole constantement l'un a l'autre. Excuse moi de te'crire a la machine, et laisse moi t'embrasser autant que je desire.-

Consuelo.

prends le the avec Me scapine, et mais Rinette ou telephone le desir pous dire adeus —

康綏蘿從聖莫里斯寫給安東尼的信。
（謄本見本書附錄，第173頁）

安東尼給康綏蘿的信。

吾愛，

我在這裡已經三天了，一切都安好：停機棚、機場、辦公室，這是個平靜的夏天，所有的信件都安全送達。巴黎距離這麼遙遠，在這裡無法照料那兒發生的一切，辦公室窗台下的金蓮花已經盛開。

「半夜時分，
他很溫柔地摟著我，
就像摟著小寵物，
抱歉地對我說：
我還不知道如何
當妳的丈夫，我請求
妳的原諒。」
——康綏蘿

「我的妻子需要有
耐心，忘記我的不是：
我的妻子需要善解
人意，忘記我的粗暴：
我的妻子需要
提醒我，我是
這麼地愛她。」
——安東尼給康綏蘿的信

HOTEL TERMINUS
ANCIEN HOTEL CHAUBARD
CAFÉ
En face la Gare
TOULOUSE
F. GALILÉE
R. C. Toulouse 4083 A

RICHES SALONS PARTICULIERS
ASCENSEUR · EAU COURANTE
TÉLÉPHONE 163
TOULOUSE, LE   193

安東尼和康綏蘿。

　　兩種聲音、兩雙手的漫長故事就這樣展開，故事當中有分手、有相聚、有放逐，然而這當中的熾熱卻永不熄滅，這本書獻給他的讀者。此書的編輯反映聖修伯里真正的追求，他也曾在他的書信中間接、模糊地表達過，寫作就像飛行：是看護，是這個世界的燈塔，是傾聽它的奧祕，康綏蘿明白這些，畢竟她也是個詩人，熟悉這種和神祕糾葛在一起的文化。在她自己的書中，也同樣展露神祕的色彩，這是一位來自新世界的女性，一個舊社會所不能接受的新靈魂，聖修伯里很早就給她這樣的封號──說故事專家、女詩人，是她懂得寫故事，她是作家，她是藝術家……他說他自己從來就不懂寫有關自己的故事，只會構思關於男人冒險的故事和見證……

　　往後的幾年是混沌的歲月，聖修伯里工作上的不順遂每況愈下，甚至他沈默不語和焦慮的個性也日益嚴重。一九三二年的夏天，他的母親瑪莉賣掉他童年時期的城堡，經濟的壓力日趨加重，康綏蘿煩惱不已，儘管因《夜間飛行》的成功獲得費米納文學獎（Fémina），幾個月的舒適生活之後，幻滅就開始了，她看到自己淪為第二順位：女性仰慕者諂媚恭維安東尼，使他和妻子漸行漸遠。康綏蘿發現這個女人才是她永遠的強敵，她叫她「E女士」，基於迷信，不能揭穿她真正的身分，她正是有錢的企業家──蘭莉‧德浮葛，和一個日後擁有龐大後代的貴族結婚，她完全符合安東尼一直以來喜歡的類型──身材高挑、金髮、個性黏人，是伽利瑪出版社旗下作家的朋友（此外，她以伊蓮‧浮荷夢的筆名發行一本小說，由新法蘭西雜誌出版，在聖修伯里過世後不久，又以畢埃爾‧雪夫希葉這個男性筆名，在伽利瑪為他出版第一本傳記）。她和安東尼維持一種特權關係，理性的關係凌駕肉體的關係，她強迫他閱讀十七世紀偉大的基督教道德家作品，巴斯卡（Blaise Pascal）的思想長久地影響聖修伯里日後《要塞》（Citadelle）一書的寫作。這個開放、有錢有權的女人，源源不絕地供應聖修伯里禮物，領他進入無數上流社會和文學的圈子，這些或許都是他到不了也不敢覬覦的場合，對這個來自鄉下的小貴族、曾經被維爾莫罕家族排除的人來說，這是一種讓他麻木不仁的高攀。和蘭莉在一起，加劇聖修伯里複雜的性格，他的生活永遠無法跟著自己的思想走；在康綏蘿身邊，他享有簡單、有愛、忠誠的生活；但是和蘭莉在一起，他接受自己對妻子的不忠，把它視為宿命，否認自己的承諾。

安東尼‧聖修伯里。

新法蘭西雜誌（NRF）為《夜間飛行》印製的海報。
此書由紀德作序，獻給迪迪耶‧杜哈。

一九三一年，安東尼‧聖修伯里因《夜間飛行》獲得龔固爾獎（Goncourt）殊榮。

創作《夜間飛行》的期間，
聖修伯里所繪製的草圖。

《夜間飛行》的原稿，
內文中還有不少的修正
字跡。
書名是由安東尼和康綏
蘿兩人一起決定，聖修
伯里有一段時間想命名
為《沈重的夜》，在康綏
蘿的建議下，他決定採
用《夜間飛行》。

「東尼歐對我
說：我的老婆……
……妳是我活著的
理由，我會像珍
惜生命一樣地
愛妳……」
——康綏蘿

一九三一年十二月四日，聖修伯里的《夜間飛行》以三分之二的同意票獲得費米納文學獎。

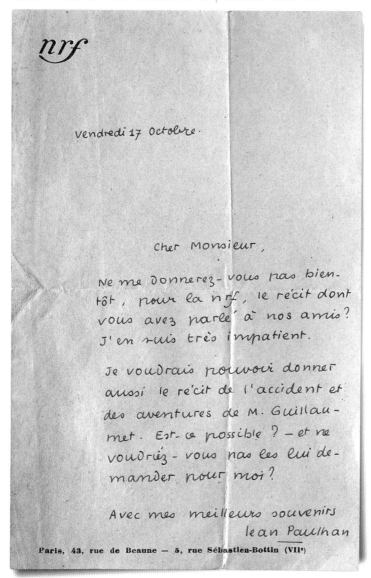

尚·波隆（Jean Paulhan）寫給聖修伯里的信。
《夜間飛行》的名聲大噪之後，受到出版社的鼓舞，聖修伯里繼續他的文學創作，以紀堯梅的冒險故事做背景的《風、沙、星辰》於一九三八年出版。

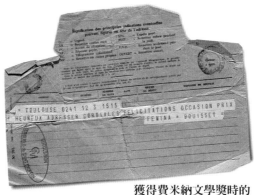

獲得費米納文學獎時的致賀電報。

旋風

「東尼歐的活動已經超出他的極限，滿滿的行程，要赴約、要拍照、受到邀請，或是和男男女女的仰慕者，名氣與日俱增，我再也記不住這麼多的名字。我們取消兩人大半的約會，我們不再有兩人獨處的午餐，東尼歐也不再寫作，日子都是在別人家裡度過，我的丈夫經常都是在電話中，即使在浴缸裡，我再也受不了。晚上的時間，他必須去多維爾、紅富勒、巴卡塔爾，這些沒有意義的小巷弄，編輯、記者、經紀人全在他的床邊，我們不再有任何獨處的時間。直到清晨三點，電話終於安靜下來，東尼歐睡得跟個死人一樣，一大清早，電話又開始如連珠炮響起。」

——康綏蘿《小王子的玫瑰》

Juliq Caробl.

Prière transmettre à St Exupéry Lauréat prix femina félicitations conseil directeur et personnel du Tiers Hop ajoutant compliments et félicitations affectueuses tous collaborateurs dont l'abnégation et le mérite font aujourd'hui à l'homme grâce aux précieux talents de lui camarade dont la modestie rehausse encore la valeur

Didier Daurat

杜哈給聖修伯里的致賀信函。
「同仁們的忘我精神和功勞，如今得到了尊敬，多虧他們的同事可貴的才華，而他的謙虛更突顯其價值。」

聖修伯里於立普啤酒屋（Lipp）。

在康綏蘿這方面，擁有火山般性格的她，很難接受這種情況，於是又恢復她怪誕的習慣：她喜歡縱情的生活，喜歡奢華、高級宴會、畫展、打扮、偶爾開快車及各種領域的新鮮事，無論是在皇宮還是在幾個普通朋友的家，她都覺得一樣自在、一樣舒暢。

漸漸地，夢想中和情書中的兩人世界瓦解鬆散了，安東尼和她不再見得到彼此的面，各有各的活動，各有各的朋友，康綏蘿比較常和藝術家、畫家和雕刻家會面，她成功地嘗試畫畫、彈琴，雖然說沒有很好的技巧，卻富有感情。聖修伯里經常和作家一起，與李歐保羅·法爾格（Leon-Paul Fargue）出去一整夜，和女性仰慕者在立普啤酒屋用餐。偶爾他也會和康綏蘿見面，只是想要說明目前兩人的去向，但是爲了返回聚會現場，他又會丟下她，康綏蘿描述：「東尼歐不再寫作，日子都是在別人家裡度過。」

在巴黎，沒有人看好他們的關係，有些人甚至蓄意破壞，然而這是不了解聯繫他們兩個的這份情感，他們重逢在他們鍾愛的藝術家生活裡、在他們習慣的瞬間詩意裡、在操控他們的那種無須負責任的想法裡。他們兩個都揮霍無度，用盡他們擁有的一分一毫，然後再像個窮學生一樣過日子。

然而在聖修伯里的心底，他很清楚康綏蘿永遠不會是他理想妻子的類型，也就是來自他母親的典範——一生奉獻給兒女、給基督；而蘭莉更不符合這種形象。於是他把忠貞、奉獻的妻子的夢想昇華，力求他法定的妻子康綏蘿和他復合，兩人的關係也更加親密。

這個時期的經濟壓力，讓蘭莉大量地資助聖修伯里：她送他的禮物，全來自巴黎最大的品牌（旅行箱、梳洗包、華麗的皮製品、筆……），甚至還送他一架飛機，讓他可以做點短程的飛行。儘管康綏蘿威脅、發飆，還是繼續留在他身邊，就好像有股莫名的力量將他們永遠聯繫在一起。

他從事各種能賺錢的工作，在法國航空公司的培訓之後，他進入拉提奎爾，在土魯斯、在聖羅蘭、在聖拉斐爾等地擔任水上飛機試飛駕駛員，在他四處漂泊的日子，康綏蘿如影隨形，活在他的羽翼下，讓他隨自己的喜好生活，接受他不安定的靈魂：她

聖修伯里於一九三九年獲頒的榮譽勳章。

康綏蘿的祈禱文，由安東尼·聖修伯里親筆抄寫，於一九四四年一月寄給她。

安東尼·聖修伯里的騎士榮譽勳位任命書。「他走路上在十公尺之內，一定會被在咖啡館度過人生的眼尖人士認出來，於是大家就繼續喝咖啡、聊天，這是地獄般的生活，不再有家庭生活，不再有時間思考，我們就像一個櫥窗……供大家欣賞。」
——康綏蘿

在立普啤酒屋。
康綏蘿右側是李歐保羅·
法爾格，他是夫婦倆親近的
朋友之一，聖修伯里的旁
邊和對面是記者
馬里希·拉希克和
保羅·布罕吉耶。

《夜間飛行》的英文版封面。
此書成功橫渡大西洋，
美國人買下版權，好萊塢準備
改編成電影，由克拉克·蓋博
（Clark Gable）和蒙哥馬利·克
里夫（Montgomery Cliff）擔任
主角。

59

一九三五年，安東尼在地中海附近進行一萬一千公里的長途飛行。
機組人員在達瑪斯的機場著陸——安東尼·聖修伯里、機械師普羅、龔迪。

慢慢地體會到她擁有他最美麗的部分。

　　一九三三年，另一次事故發生在聖拉斐爾海灣，就在聖誕節的前四天；由於技術失誤，他和飛機一起沈入海中，事發當時康綏蘿住在洲際飯店，是一間豪華大旅館，因為美洲經濟危機的緣故，旅館一半是空房，因此她得以享受許多的好處：擁有成套的設備，只收一般房間的費用，在客廳有壁爐，有服務人員長期照料等等，突然間她從窗外聽到一聲巨響，是從聖拉斐爾海灣傳來的，一陣黑煙竄起，她有預感是安東尼出事了，她再一次待在身邊照顧他、守候他，也再一次成為他理想中的妻子……

　　漸漸地，他依戀著這隻「島嶼上的小鳥」，習慣她的嘰嘰喳喳和她「輕輕抖動」的獨特模樣。當蘭莉抱怨她那難以忍受的口音及總是喋喋不休時，安東尼並不以為意；相反地，在朋友的眼中，他對太太有一份難以置信的寬容和極大的耐心。但是不成熟的他毫無悔意繼續背叛她，還要求她以最嚴苛的忠貞來對待他，當他看到詩人、醫師這些男人在她身邊打轉時，他變得疑心重重和嫉妒，幸好朋友莫里斯的一席話，才讓他安心，「康綏蘿是個年輕、帶點悲傷的女人，她只喜歡你一個人。」

　　康綏蘿像連珠炮的說話方式、和誇大的肢體動作，讓她的婆婆很惱火，她比較喜歡蘭莉給人貴族威信的形象，遠勝康綏蘿，

「我熱愛這個職業，
你無法想像在四千
公尺的高度和引擎相伴
的那種寧靜、
那種孤獨。」
——安東尼

名為夜間飛行的香水瓶，為康綏蘿所有。
這款香水是一九三三年由嬌蘭化妝品公司（Guerlain）出品，香水名取自同名小說，瓶身的圖案代表正在運轉的飛機螺旋槳。

Pour mon Tonino
son poussin
qui viendra à l'infini —
Consuelo. 1935.

康綏蘿在其肖像上題詞送給安東尼，時間是一九二○年代後期。

但是安東尼還是堅持，他替康綏蘿說話，不惜冒犯家族，他絕不允許有人批評康綏蘿，對別人不斷向他散播的閒言閒語，他甚至假裝沒聽見，他冷靜地要求母親和妹妹娣娣照顧她，似乎是想化解他們對她的敵意，一直到死，他都堅持這種立場，在他自我放逐的期間，他同樣請求母親保護「可憐的小康綏蘿，她這麼脆弱，這麼不被認同……如果有一天，她逃回南部，媽，為了我，請像對待我一樣，出於愛地接受她。」

　　一些七嘴八舌的人還是不斷散播謠言，比如在康綏蘿和卡希羅結婚前，某個對她求愛被拒的人，他說康綏蘿有魔力，她是個「女巫」。但是安東尼比較喜歡稱她做仙女，一個讓他的生活著魔、帶來幸運的「金羽毛，世上最討人喜愛的女人，一個野性的小靈魂。」

　　然而在那幾年裡，他們夫妻生活的危機依舊持續著，更顯錯綜複雜；他們搬家，從公寓到旅館，從卡斯塔蘭街到夏納雷爾街，之後因為查封被驅逐，他們住進皇家橋旅館，他們不住在一起，就像情侶一樣到旅館幽會，這種縱情和不安定的模式很適合安東尼，卻苦了康綏蘿。

　　為了生活所需，一九三四年他接受在國內外舉辦講座的工作、他申請發明專利權、把《南方郵件》改編成電影，此時《夜間飛行》正在巴黎上映，幾家大型的報社，比如《巴黎晚報》（*Paris-Soir*）和《不妥協者報》（*L'Intransigeant*）向他邀稿，關於蘇聯、摩洛哥、莫斯科、西班牙的報導，他喜歡記者這個偉大的工作，這讓他總是位在當前局勢的最前線，說自己只喜歡「臨場感」，他不愛惜身體，也不在乎靈魂，赴湯蹈火，所需要的是向世界的高山挑戰。一九三五年十二月，他想要挑戰巴黎-西貢長距離飛行的紀錄，康綏蘿企圖阻止，但是徒勞無功。

商家的收據，以聖修伯里公爵之名稱呼。
揮霍無度、慷慨大方，這對夫妻生活的地方，全是巴黎最漂亮的旅館。

　　當他出發的時候，她在一位知名的畫家朋友的工作室待了幾個小時。

ROBES
MANTEAUX
FOURRURES
PARFUMS

Mag-helly présente ses respectueusea
salutationa à Mme Carillo
10, Rue de Castellane
en espère être honoré de sa visite
pour sa nouvelle collection 1932
avec un nouveau rayon
complet de manteaux
et de tailleurs

給卡希羅女士的服裝秀
邀請函。
儘管安東尼和康綏蘿這
對夫妻的肩上扛著經濟
重擔，兩人還是過著上
流社會旋風般的生活。

「康綏蘿，小小康綏蘿，
我這麼地愛妳，
妳必須幫助我愛妳。」
——安東尼給康綏蘿的信

康綏蘿的
肖像。

康綏蘿的
手提包。

康綏蘿的手錶。

「康綏蘿是個年輕的女人，帶有一點悲傷，她只愛你一個人」
——莫里斯·夏許致安東尼

「我的心開始因為嫉妒而憤憤不平，
我西班牙的血液開始沸騰，
他帶著沾滿口紅的手帕回家，
我不想要嫉妒，但是我變得悲傷。」
——康綏蘿

愛情的憂愁

「**我**不幸福，非常地不幸福，我向任何人吐露心事，我的裁縫師、我的醫師、我的律師、我最好的朋友、整個巴黎，我正是相信整個巴黎會同情我、保護我、緩和我愛情的憂愁，我既年輕又天真，我僅剩一絲讓自己不在人前掉淚的力氣——在那些把快樂建築在我的不安上的人面前，一個朋友把他的單身公寓借給我，好讓我可以盡情地哭泣，當我忍無可忍時，我就躲進這裡，盡情地嚎啕大哭，從一進門，我就平靜地鬆開了衣服，然後開始哭，直到鐘聲提醒我回家的時間到了，我還是得返回做好家庭主婦的角色。」
——康綏蘿《小王子的玫瑰》

安東尼和康綏蘿在
格勒諾布爾
(Grenoble)。
這對夫妻攝於一九
三五年左右。

康綏蘿給安東尼的信。
在巴黎,聖修伯里習慣
獨自外出,
讓康綏蘿覺得無依無靠。

minuit

Bon nuit Tonnio

       Je suis rentre parceque
vous me l'avez demandez,, pourquoi,
dois je rester seule avec mes derniers
plummes d 'oiseau idiot? j'ai si
froid, je me couchebien triste,
peut etre un ange viendra me voir
pendant mon sommeil.
                C.

s.v.p.
ne me reveille pas

「所以我不再被
疼愛,我變成這樣
一個女人──
不被疼愛的女人」
　　　──康綏蘿

65

等待了三天之後，從記者那兒得知他已經消失，她痛苦不已。她奔放不羈的行為，讓她的婆婆非常不高興，有關安東尼的最新消息傳來：「是我，聖修伯里，我還活著。」她啓程去找他，在馬賽見了面，就當著所有記者的面，她蜷縮在他的懷裡，被拍下不少照片，她描述：「我變成一顆想要被播種的種子，想要永遠被栽植，而不是一顆從樹上掉下的果實，我要進駐在我丈夫的心裡，他是我的星星，我的命運，我的信仰，我的最終……我要把整個宇宙的星星都盡收眼底，讓他在此就能沐浴在星空裡。」

在獲救之後，聖修伯里於一月三日從開羅寫信給他的母親：「當有人需要您的時候，就像康綏蘿，您卻置之不理，這是很殘忍的，有人覺得無比地需要回到您身邊得到鼓勵和庇護，有人絕望地對抗阻撓您盡本分的那座沙牆，有人可能會像愚公移山一樣把障礙移開。」但是他必須補充，就像烙印心頭的童年記憶，永遠

聖修伯里和他的機械師普羅，巴黎－西貢長途飛行的前一晚。

「我喜歡利比亞那次的墜機，
喜歡那種非往前走不可，喜歡正在一點一滴
把我吞噬的沙漠。」——安東尼

聖修伯里在沙漠中西蒙機的殘骸前方。
在十九小時十八分鐘的飛行之後，飛機墜毀在利比亞和埃及的邊界。

一九三六年一月四日的剪報。
報紙大幅報導沙漠裡的空運郵件。聖修伯里替大型的報社在開羅進行各
種訪問和報導，一部分的冒險故事後來收錄在《風、沙、星辰》中。

焦慮不安的日子

第一天晚上，我們有來自飛行員的第一手資料：一切順利，晴空萬里，絲毫無風，我們繼續前進。這是東尼歐捎來的電報，第二個等待的白天，沒有任何音訊，不抱希望，我徹夜守著，耳邊的電話響也沒響、動也沒動。接近晚上的時候，幾個朋友來到家裡，這份沈默讓人覺得不安，不再有任何消息，每個人的臉上布滿不幸的陰霾，四周的沈默漸漸加重。第三天，所有報紙的標題都是：聖修伯里消失在巴黎─西貢的長途飛行中。絕望，憂傷，我深受焦慮和痛苦的折磨，我早料到會有這樣的不幸，接著就傳來一個天大的好消息：是我，聖修伯里，我還活著。我立刻和婆婆啟程前往馬賽，他應該是在這裡上岸，並且創造英勇事蹟的。」

——康綏蘿《小王子的玫瑰》

一月二十日，聖修伯里抵達馬賽，在卡司瓦號船上。
康綏蘿在大批的記者、通訊員、仰慕者的包圍下迎接安東尼。

聖修伯里從此次的長途遠征回到巴黎，他和康綏蘿接受記者拍照。
然而此次相聚的時間並不長，負債累累的他們，離開他們的公寓，住進綠泰堤亞旅館，分別有不同的房間。

「當有人需要您的時候，就像康綏蘿，您卻置之不理，這是很殘忍的，
有人覺得無比地需要回到您身邊得到鼓勵和庇護，有人絕望地對抗阻撓您盡本分
的那座沙牆，有人可能會像愚公移山一樣把障礙移開。」——安東尼

也抹不去，「我活著回來，一小部分是爲了康綏蘿，但是因爲您，我回來了，母親。」

從童年開始，就牽繫著他的那份最初的鄉愁，是不會鬆綁的，即使在寫作上獲得成功，即使歷經種種職場上的磨鍊，即使是康綏蘿。政治上的動盪不安加劇他悲觀及憂鬱的本性，看見整個世界陷入野蠻和不幸當中，他開始愈來愈相信基督，有一點到了這種程度，在他的《記事本》（Carnets）中提到：「沒有這個宗教，人類會重返野蠻。」他讚揚經文裡的美德，經文「讓人們心中的愛萌生」。

西班牙的戰爭擊跨了聖修伯里。這場戰爭成爲他替《不妥協者報》做的最有力報導之一，標題爲：〈在這裡，槍擊就像伐樹一樣。〉

在此期間，康綏蘿在做什麼呢？她爲安東尼的不穩定感到惋惜，但是已經放棄改變他，「東尼歐需要更甜美的大地、更溫柔的東西、更輕巧的行李，不論到那裡都可以放下的行李……」

他繼續他的漂泊，在機艙裡獨自飛行，是他最大的快樂（快樂，在他的語詞裡，是很少出現的字眼），他才剛剛征服其中的一架，這也是蘭莉送給他的，是全新的西蒙機種。他替法國航空公司工作，出發勘察卡薩布蘭加-達卡的新航道：開發新航道、開闢人與人之間的道路、拉近彼此的距離，是他一直不變的渴望。他

「每天晚上，在我們位於皇家橋旅館內的簡陋房間裡，他攤開、再折好我們所擁有的地圖，對我述說巴格達、幾個國外的城市……」

——康綏蘿

聖修伯里在馬德里的何第歐公園。
一九三六年，聖修伯里擔任《不妥協者報》的特派員，全面負責西班牙內戰的報導，他寫了五篇文章，以〈血染西班牙〉的標題刊出。

聖修伯里抵達巴黎聖拉薩爾車站（Saint-Lazare）。
身為知名的作家，就如同當記者時，聖修伯里一樣受人敬仰，從莫斯科到羅馬尼亞，中途行經西班牙，他跑遍整個歐洲，報導人們的瘋狂事蹟。

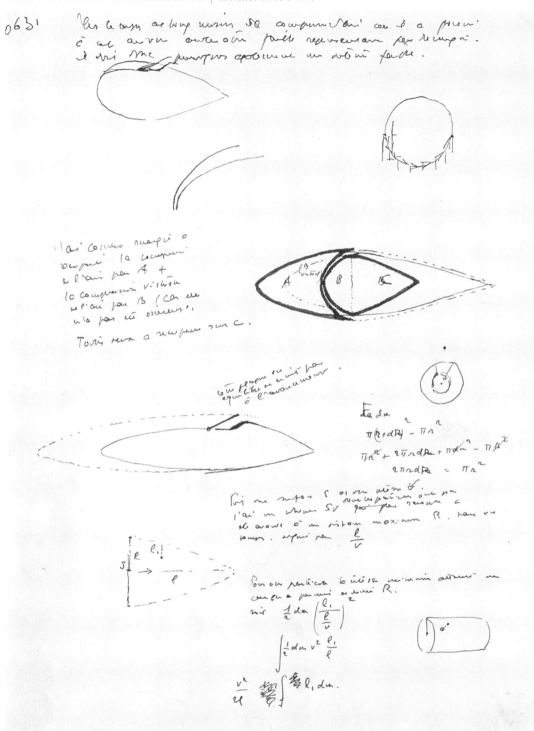

聖修伯里繪製的草圖。

單靠寫文章和文學創作，經濟還是入不敷出，於是聖修伯里從眾多飛航專利中開闢新財源。

聖修伯里的
飛航發明專利

他身心兩方面的精力結合，再彼此協調，幾乎就用之不盡，因為他做太多數學的工作，而這些對我而言又是如此艱難且討厭的東西，所以我會對他嘀嘀咕咕，他會大笑且用相同的話來回應：『等我死了，就不用再勞累了！』他常常忘記自己高得像棵大樹，頭老是避免不了撞到門，每次搭計程車回家，都會撞到前額，他會笑著說這是為了鍛鍊，好應付最嚴重的摔跤……他通常會在房內弄丟鞋子，還請朋友們和他一起找：『鞋子可能就在壁爐上，在辦公桌的抽屜裡，在文件堆中，被報紙給遮住了。』」

——康綏蘿《小王子的玫瑰》

聖修伯里和紀堯梅在一架拉提521型的駕駛艙中，一九三九年比斯開羅斯（Biscarosse）。

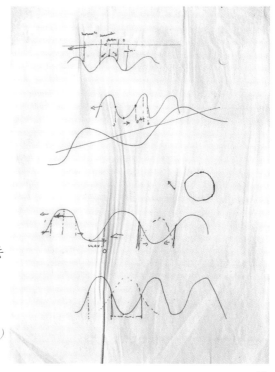

「飛行員、詩人、物理學家、各種紙牌戲法的魔術師……他從數學計算走到紙牌戲法，反過來一樣能悠然自在。」

——李歐·韋泰

（Léon Werth，譯註：法國知名小品文作家和小說家。）

喜形於色地重回這片浩瀚沙漠，這塊遼闊空曠的大地，讓他不再有孤獨感，而是無止境地，他吐露：「我在找尋驛站，就像在汪洋大海中尋找島嶼，我是快樂的。」

一九三七年，由於沒有工作，他就在發明專利上下很大功夫，也獲得好幾項飛航專利：沒有能見度的降落、角度和方向的測量、指示器的判讀。這一年結束時，安東尼邀請妹妹娣娣來和他們相聚，然而面對安東尼和娣娣間親密及共謀事情的手足之情，康綏蘿決定離開這個家，她對他說：「鑰匙在這兒，我無法待在一個無視我存在的丈夫身邊。」

在無法挽回的情況下，他決定出走，就如同一直以來的行事態度。康綏蘿對他說，她要回南美洲；他對她說，他要去紐約：「我可能會再做一次長途飛行，也可能不回來了，因為我不想回來，我不喜歡，我不再喜歡……」

康綏蘿的
梳子和鏡子。

「我們在非洲沙漠建立起來的家，在巴黎這條太過滑的碎石路上，我們的夫妻生活過得並不好，巴黎的一切是平庸乏味、灰暗、光滑的，要掩飾包裝這種淒涼，需要用眼淚、香檳、謊言、不忠……」

——康綏蘿

le 18 avril

chère Consuelo, toutes les feuilles ouvrent déjà leurs yeux. que le printemps achève vite de vous guérir! j'ai été tout heureux des bonnes nouvelles de vous, qui de temps à autre me parviennent. je vous vois très bien déjà guérie, et volante. À bientôt. si l'on vous permet de lire, je vous enverrai un petit livre de fables.

Jean Paulhan

vous em-

brasse.

尚・波隆（Jean Paulhan）給
康綏蘿的信。

「康綏蘿，我的內心世
界非常的寒冷，我需要
聽到妳的笑聲，
小女孩，我的愛人，
遠離妳，我過的是何其
悲傷的日子。」
——安東尼給康綏蘿的信

康綏蘿（左），**由曼雷拍攝（Man Ray**，譯註：一位擅長繪畫、電影、雕刻和攝影的藝術大師）。
康綏蘿愈來愈孤單，她過著自己的生活，經常外出，常和超現實主義者來往，
經由布烈東（André Breton）的介紹，她認識了曼雷。

安東尼在渥邦廣場的公寓裡。
一九三六年，這對夫妻住進渥邦廣
場，各自擁有他們的公寓，
安東尼想要把一切最美的事物獻給
康綏蘿。不曾和她一起，
也不曾沒有她，似乎就是這個作家
的座右銘。

康綏蘿給安東尼的信。
「這是個很悶的夜晚，
我想黑夜已經把你吞沒，
因為我的心糾成一團，無法呼吸，
親愛的老公，我沒有其他了解我、
能依據我的願望來愛我的朋友，
我有一個天大的祕密折磨著我，
我要對你傾訴這個祕密：我愛你，
我愛你，親愛的老公。」
（完整的書信見本書附錄，第173頁）

「我想進駐我丈夫的心裡，他是我的星星、我的命運、我的信仰、我的最終……」
　　　　——康綏蘿

康綏蘿，一九三〇年代，渥邦廣場。

草圖本，完成於渥邦廣場。
在這本小冊子的每一頁，
安東尼和康綏蘿的畫一張接著一張，
儘管兩人共同的生活已不再，
看不見的關係和愛戀似乎永遠地將
這對佳偶緊繫在一起。

安東尼的素描。

兩人世界的靜謐

他家裡有太多的人來來往往，每當黑夜到來時，我會在長長的廊道徘徊，偶爾幻想在非洲一角的小村落，和東尼歐在那兒平靜地過日子，他專心於寫作，這是我們分開的唯一時刻，充滿吉他聲的夜晚，正是讓人陷入浪漫氣氛的陷阱，畢卡索、恩斯特、杜象、超現實主義者，再多的作家、畫家、電影藝術者都不足以安撫我，因為缺少一份親密，一份兩人世界的靜謐。」

——康綏蘿《小王子的玫瑰》

康綏蘿的素描。

「我親愛的老婆，
我們的目的並非要過這
樣的生活，我要帶妳到
一個美麗的國度，
那裡帶有一點神祕的色
彩，那裡的夜很涼爽，
就像床一樣，可以
讓全身的肌肉放鬆，那
裡的星星乖巧聽話，
讓人容易接近。」

——安東尼給康綏蘿的信

另一次的長途飛行已經排定：他想打破紐約－火地島（Terre de Feu，譯註：位於阿根廷的群島）的紀錄，然而二月十四日，他的西蒙機上墜毀在瓜地馬拉，造成三十二處骨折，「十一處有致命危險」，正如通知康綏蘿此事故的電報中明確的說明。當時她人正在橫渡大西洋的客輪上，正朝瓜地馬拉前進（唉！命運啊！）。客輪為了她特別停靠在巴里奧斯港，從那兒再改搭飛機前往巴拿馬，兩人的關係再次連結。聖修伯里在醫院和死神搏鬥，他面貌全非；康綏蘿守著他，在他的床邊整整待了幾個星期，然後……他要求她回去法國，其實就是想打發她走，再一次地受到煎熬，再一次地離開……康綏蘿輕描淡寫地說：「一點一滴地，我讓自己死去；一點一滴地，我學會把自己的情感封鎖在記憶裡。」

從此以後，夫妻的生活經常是來來去去，幾近可笑，他們相繼住在渥邦廣場、綠泰亞旅館、巴貝得如街、米歇爾昂熱街。她說：「這就是我們在一起的日子，你來我往、錯過彼此，有愛有淚、有分有合……」

當她決定用自己的方式養活自己的同時，聖修伯里完成了《風、沙、星辰》，她用西班牙文主持一個廣播節目，聽眾是定居巴黎的西班牙移民。在此期間，蘭莉努力讓聖修伯里在文學上有所成就，是她暗中插手讓《風、沙、星辰》獲得熱烈的回響；她製造新聞，向朋友們介紹她的愛人，宣傳他的傳奇故事，她同樣也在美洲推銷此書，從二月開始，此書就當選為「每月好書」，在法國獲得法蘭西學院文學大獎，然而康綏蘿還是一直在聖修伯里的心裡，他打聽她的消息、保護她，不想就此和她斷了音訊。 一九三九年七月，他為了她租下芙葉麗莊園，這是塞納森林內鋪白石的豪華度假別墅，他定期和她相聚，或是出期不意地造訪；康綏蘿用鮮花迎接他，親自為他擺設餐桌，他在這裡用晚餐，然後再回巴黎。

他繼續致力飛航科技的發明：引擎的拆卸、飛航中引擎的操控……在某種程度上，他瘋狂的行徑和當時政局的劇變取得平衡，衝突的威脅愈來愈明顯。一九三九年九月三日，法國加入戰局，他嚴重消沈的本性在這場戰役中找到發洩，以前在寫《風、沙、星辰》這首希望之歌時，這種個性就曾得到解脫，他很肯定在這種可被接受的犧牲中，人類將找回他們的尊嚴，透過「不求回報的犧牲這條路」，可以搭起人與人之間的橋樑。自此，這種想法將駕馭他的一生。

「我可能會再做一次長途飛行，也可能不回來了，因為我不想回來，我不喜歡，我不再喜歡……」
——安東尼致康綏蘿

康綏蘿的肖像，在出發前往哈弗爾港（Le Havre）的前一晚。

康綏蘿的護照。

一九三八年一月出發前往哈弗爾港。康綏蘿和安東尼搭上船，各自前往不同的目的地，聖修伯里為另一次的長途飛行做準備，他必須成功地從紐約飛到火地島；康綏蘿必須搭船前往薩爾瓦多。

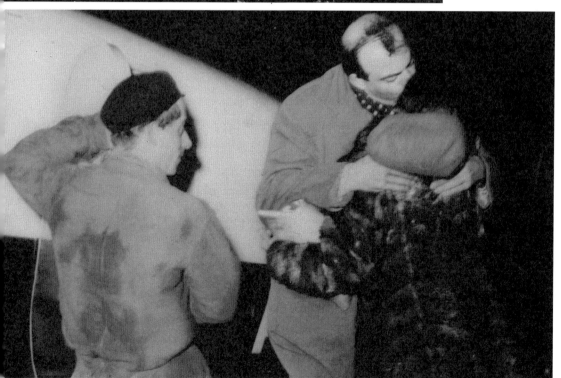

在登上他的西蒙機前，聖修伯里和康綏蘿吻別。
飛機在瓜地馬拉嚴重地墜毀，康綏蘿收到一封通報噩耗的電報：「你先生傷勢嚴重，造成三十二處骨折，其中十一處有致命危險。」

Angers, a Dimanche

Chère Consuelo.

Que devenez vous ? { Paris ?
amérique ?
afrique ?
asie ?
Océanie ?
Etoiles ?

Je vous embrasse fraternellement

?

J. Bonin
sergent au 81 Bataillon du genie
I Cie
r'a Caserne Eblé Angers

致康綏蘿的信，當時她人在芙葉麗。

聖修伯里，
一九三九年。

康綏蘿的小冊子。
在這本小小的植物圖冊中，康
綏蘿貼上四葉的酢醬草。

人在芙葉麗的康綏蘿。
住在這間丈夫替她承租的大莊
園裡，就在幕蘭-塞納森林內，
當時康綏蘿為西班牙的移民主
持廣播節目。

「我的朋友還年輕，對於
夫妻間的爭吵、分手、保持緘
默的約定一無所知，當丈夫不
再忠於他們的愛情、
不再愛她時。」——康綏蘿

不是單身，也非已婚……

東尼歐的經濟情況已經好
轉，他的榮譽勛位得到
晉級，再加上《風、沙、星辰》
的成功，他已經是家喻戶曉、
受人敬仰的作家，我們沒有重
返兩人世界的生活，也沒有像
以前這樣分居，這就是我們的

愛情，我們愛情的宿命。他在
鄉下為我租了一間大莊園，就
在芙葉麗地區，在他的新生活
裡，他如魚得水，不是單身，
也並非已婚，他住在他的單身
公寓，而我住在鄉下。
他會定期來芙葉麗，甚至比我

期待的還頻繁，他來的時候，
如果遇到有朋友來家裡吃飯，
他會到鎮上的小酒館，在那裡
寫幾封長達十頁或是十五頁的
情書給我，就好像在我生命中
不曾有過這樣的信。」
——康綏蘿《小王子的玫瑰》

> *「我每天都在等待你捎來音信，特別喜歡你那狂熱、焦慮又深情的電報。」*
>
> ——康綏蘿

從歐佩德到紐約

在亞迪蘇萊昂（**Athies-sous-Laon**）的基地，一九三九年十二月，法國馬恩省。
在一張充當第三十三聯隊第二大隊工作桌的撞球桌上，聖修伯里針對其中一項飛航科技發明加以說明，他的發明專利已經載入史冊。

九四○年六月十日，聖修伯里發瘋似地衝到芙葉麗，要求康綏蘿前往自由區的波城（Pau），趁現在還可能的時候，沒有商量餘地，康綏蘿服從他的命令，這是一九四○年法軍的潰敗，接下來就是大逃難。康綏蘿獨自一人、慌張失措地上路。從一九三九年十一月，聖修伯里重返位於歐康得（Orconte）營區的第三十三聯隊第二空軍大隊，靠近聖地吉耶爾（Saint-Dizier），他帶著一股狂熱的衝動、幾近自殺的行為投入戰爭。在阿赫斯（Arras）上空偵察的任務，將成為《戰鬥飛行員》（*Pilot de guerre*）中英勇事蹟的一部分，此任務鼓舞他、讓他來到真正屬於他的地方，也就是對人類的自我犧牲和憐憫。一份不為人知的苦楚緊緊相逼，讓他心神不寧：「我想要我們所有的人坐在一張白色餐桌前相聚。」這場戰爭和再次出現的「週期性憂慮」摧毀了他童年的一切，他對「親愛的母親」解釋：「我強烈地感到無法滿足。」他想寫的那種書似乎和當代人喜歡的有所矛盾，他說：「一本可能會讓人想飲酒的書。」……六月二十日，所有第三十三聯隊第二大隊的軍官都被派遣到阿爾及利亞，聖修伯里從遠處守護著康綏蘿，「可憐的小康綏蘿，她是這麼的脆弱，激起我無限的憐憫」。但是他知道她是堅強、勇敢的，他向她指出庇里牛斯山幾個已經淪陷的地點，並給她幾個知心朋友的姓名，在出發前還特別叮嚀，必須再一次地等待，就好像一直以來都是這樣。最終相聚的日子勢必會一延再延，她收到幾封向她保證會平安歸來的信；她就住在幾個希臘朋友租來的農場裡，在波城北方的拿玻里小城堡，她依然還在等待。十月的時候，他捎來要回來的消息，約在波城的中央旅館相見，康綏蘿帶著宛如初次見面的心情赴約；當她進門時，他正在睡覺，一看見她就對她說，在出發前往亞蓋前，只有幾個小時可以休息，之後還要到維琪（Vichy）領取前往美國的簽證。

> *「我對這場戰爭並沒有興趣，但是要我置身事外、要我不奉獻己力，那是不可能的。」*
>
> ——安東尼

機長聖修伯里在土魯斯-法蘭卡薩（Toulous-Francazal）的基地，一九三九年九月。

他邊打發她走，邊對她說：「妳聽我說，我眞的建議妳回去。」
……

　　幾天之後，他們又在波城見面，聖修伯里非常深情地帶康綏蘿到路荷德（Lourdes），因爲他想完成她所許下的心願，如果安東尼能夠安然無恙地從戰地歸來，她就要飮用當地神奇的聖水。他們在大使旅館度過這一晚的浪漫夜：「我的康綏蘿，請妳原諒我對妳帶來的痛苦，往後我還會一而再地讓妳痛苦……」，同樣還是一九四〇年的十月，聖修伯里前往歐佩德古城（Oppède-le-Vieux），這是盧本農（Luberon）一個已經沒落的鄉鎭，位在距離亞維儂（Avignon）四十公里遠的一座峭岩上。自從大逃難之後，從六月到九月，撤離的老百姓就躲進這個村鎭，這是喬治·托多維奇（Georges Brodovitch）的主意，他是《亞伯的流行百貨》（Harper's Bazar）雜誌經理艾克薩的兄弟，在歐佩德擁有一間製油廠和一間修道院。面對這個普遍性的災難，昔日巴黎美術學院的一些學生想成立一個建築工作室，他們想讓歐洲的藝術和文化得以延續。

　　幾年之後，也就是一九四三年，聖修伯里回憶這段可能只吸引他一個人的短暫居留。回到這片大地、對這個回歸本來面貌的團體的幻影、一群志同道合的朋友，這才是他所嚮往的。在他的眼裡，歐佩德就是失而復得的聯繫，「這支隊伍」終於重建了，他描述：「我找到了馬車和馬匹……青草也有其重要性，因爲綿羊要在這兒吃草……在這世上，塵土還是芬芳的唯一角落，我感覺得到了重生，覺得過去自己一直都是個蠢蛋。」依據聖修伯里的習慣，他會讓客人著迷、逗他們開心：描述還未成書的《戰鬥飛行員》裡的幾個章節，表演幾次「神奇的紙牌戲法」，依照同是住在這裡的伊夫·何密的說法，聖修伯里會在「我們的生活中，添加一部分虛構及富有詩意的情節」。

　　在這段期間，康綏蘿有一些孤單，而且非常氣惱，因爲聖修伯里明明人就在法國南部，但卻不來看她。康綏蘿住在亞貝爾（Air-Bel），超現實主義派的詩人、畫家都會在這裡聚會，比如恩斯特、培雷（Benjamin Peret）、薩拉（Tristan Tzara）和夏爾（René Char），還有亞達莫夫（Adamov），此人也前往拜訪歐佩德這個藝術團體……

　　然而到了十一月初，聖修伯里已經渴望離開法國，再次前往阿爾及利亞……他對康綏蘿說：「妳將會獨自一人等待……」，他想把她留在安全的地方，於是想到歐佩德，把她託付給伯納·傑費斯（Bernard Zehrfuss，譯註：法國建築師），他是一九三九年羅

「這個古老的烏托邦根深蒂固地長留我心，它是由親如兄弟、過著修道生活或是社會主義團體所組成的，我來到這個美麗、瘋狂、總是吹著密史脫拉風的村落。
（譯註：法國南部及地中海上乾寒且強烈的北風）」
——康綏蘿

歐佩德古城的村落。
滿是被遺棄、坍塌的房子，在一九四○年戰爭潰敗和安東尼前往美國紐約後，康綏蘿在這裡找到了庇護。

藝術團體的工作室
被稱作朵蘿蕾（Dolorès）
的康綏蘿，
把一個鼓吹抗爭的
藝術小團體納進來。

在歐佩德，
康綏蘿穿著木鞋四處走，
她學習做麵包、
織羊毛衣。

馬大獎得主，最近也住到歐佩德⋯⋯是個很有魅力的男人，他也將無法抗拒地愛上康綏蘿。從此，安東尼和康綏蘿就是兩個單身、兩個自由的人。

從十月二十四日，貝當（Pétain）和希特勒在蒙塔荷（Montoire）會晤起，戰局就愈來愈吃緊，對法國人來說，選擇開始明朗化，再過不久，他們就得選邊站，法國就陷入真正的內戰。

然而在歐佩德，康綏蘿所描述的故事、她的奇想，讓男性朋友著迷，這個村落稀少的人口認為她古怪、獨特，但是儘管這個藝術團體和當地居民沒什麼互動，她還是用生動的語詞和法文和他們接觸，逗他們開心。這個「理想國度」的一員尚·歐普在他的回憶錄裡這樣描述，她「是我們的貴賓，但是她自己也努力融入這個團體，和大家共同努力。」輪到她邀請在亞貝爾超現實主義的朋友：杜象、恩斯特因此也來到歐佩德。雖然她和傑費斯有愛戀的情誼，她並沒有因此停止想念聖修伯里，她把她的婚姻比作「神聖的職業」，有份難以形容的情感永遠地將他們聯繫在一起，於是她寫信給他：「我們經歷過艱難的時光，當時風暴已在我內心吹起，為了安撫我，你把天使般的雙手放在我額頭上，用你那帶有愛、帶有犧牲、帶有溫柔、帶有忠貞的魔力語詞對我說話，於是一切又重頭開始。」她用畫畫和雕刻來忘掉自己的煩惱，在歐佩德藝術的刺激是強烈的，戰爭的傳言才剛散布到這個已沒落的中世紀古城。

儘管也有其他藝術家的妻子，她卻是這個團體的才女和原動力，在這個沒水沒電的村落，她到處奔走，接近歐佩德-普麗菲的農民，也就是歐佩德下方的區域，為的就是能有新鮮食物，讓這段暗淡的日子來點聯歡的氣氛，有一些食物是來自黑市，一些是在亞維儂戰爭時，她冒生命危險從德國人手中偷來的，還有一個她認真照料的菜園，幾個非常漫長、可以講述令人難以置信的故事的晚會。為了忘掉飢餓，這個團體舉辦化妝舞會，就像獻給杜象的那一次，他們加入一些農家的活動，比如馬鈴薯的栽種、兔子的飼養，康綏蘿把所有的時間投入她的新生活，為了要消弭她的焦慮，這一切是有用的，甚至和所有藝術家的妻子一起做劈柴這種苦差事：她前往「山丘砍伐已枯死的松柏，為了炊事和取暖用」，同是住在這裡的尚·奈力，目睹這一切，在她的回憶錄裡，她很堅持這種安東尼讓她牽腸掛肚的生活方式。

「我在歐佩德學習生活。在父親種植咖啡的時候，我認為我已經全部明白，也全都領悟了，然而我現在要做的就是學習。」
——康綏蘿

這個藝術團體內部的婚禮。
在這個生活艱辛的年代，歐佩德這個小村落，努力過著自給自足的生活：
一小部分來自黑市、來自野生的植物，或者從德軍貯存的糧食中偷來的，而康綏蘿自己整理了一個菜園。

正在郊遊的康綏蘿。她用畫畫和雕刻來忘掉自己的煩惱，在歐佩德，藝術的刺激是強烈的，戰爭的傳言才剛散布到這個已沒落的中世紀古城，她是這個團體的才女和原動力。

　　她在等待安東尼的電報，他說：「請不要懷疑我的愛。」她相信這句話，也因此找回一點喜悅，努力忘掉她對蘭莉的嫉妒，因為在這段時期，蘭莉更是頻繁地出現在聖修伯里的生活裡。她穿著木鞋走在歐佩德這個古城的所有小巷弄，並不畏懼那些棲息在強風四竄的古堡中的老鷹；這座古堡是由圖盧茲·雷蒙六世所建，她喜歡到這裡來沈思，感受心靈上的專注，重拾勇氣，找回對生命的熱愛，她在所有的窗台上擺上花瓶，她歌唱……有幾個人對她示好，她是讓這些「新一代的行吟詩人」著迷的「朵蘿蕾」，她這樣稱呼她的仰慕者，為他們捏造奇特的故事，想像自己出生在一個有地震的美麗國度，她的個性遺傳了薩爾瓦多火山的狂熱、她感情洋溢、她熱情如火……然而她和傑費斯的打情罵俏，還是無法轉變為真正的愛，這個建築師單方面想維持一種更長久的關係，而康綏蘿的心早已被聖修伯里所虜獲。傑費斯最終也承認這個事實，他寫信給她：「我在幫妳度過這些等待的日子，而妳也看到，我終於能好好地認識他，所以我會和妳一起喜歡他，妳對他朝思暮想，而他翱翔在……偶爾我會希望他遭遇不測，但旋即我又會祈禱他也對妳朝思暮想，祈禱他回到妳身邊，祈禱妳忘記失去他的恐懼。」

　　這段時期，聖修伯里重返美國，過著放逐和愜意的日子，他感覺一切都要失去，同時也要重頭開始，他想要成為這個年代文藝復興的主使者，他的思想從來就沒有如此這般地超脫，但是諾言並沒能實現，還更糟糕的是，維琪政府在國會單方面的任命，讓他的名譽受到影響，他拒絕這個任命，但是很多人難免心生猜疑。和流亡的團體接觸後，布烈東對聖修伯里產生厭惡感，這個待業中的英雄，麻木不仁、自暴自棄，康綏蘿有了他的消息：他還是在玩紙牌戲法，和所有那個城市的金髮女郎散步約會，雖說和一位名叫席薇亞的年輕美國女子有曖昧關係，他還是不斷對康綏蘿說，對這些情敵無須感到害怕。首先是蘭莉，「請不要嫉妒，妳知道的，我真正的職業是作家，當妳的情敵好心地送我小禮物、象牙骰子、刻有名字的行李箱，我的心因此受到感動，於是就寫封三、四頁的信，畫些小畫來答謝她，僅止於此，請不要害怕。我知道這些年來，妳所承受的苦，我的老婆，我很謝謝妳，因為這些犧牲奉獻，我只屬於妳一個人，請不要聽信那些閒言閒語。」

「我是妳戰地的未婚夫，如果我是一個作家，我會寫一本關於戰地未婚夫的小說，一個孤寂的女人，一個孤寂的男人，相遇在潰敗、流亡的年代，如果他們為了不跌倒而抓住彼此的手，為什麼要後悔呢？」
——伯納·傑費斯，節錄自康綏蘿的《歐佩德》

伯納・傑費斯。

康綏蘿的畫像，由伯納・傑費斯所繪。

《歐佩德》的封面。
康綏蘿在第一本著作中
描述在歐佩德的故事，
此書於一九四六年在美
國出版。

「伯納是一個高貴的
紳士，一個還不到三十
歲的年輕男子，
從早到晚哼著歌的
男子。」
——康綏蘿

因爲這些告白，康綏蘿的心情恢復了平靜，繼續在歐佩德過著田園簡樸的生活，傑費斯很想眞正地橫刀奪愛，然而儘管這位俊俏的建築師，他的聰明、他的風采很吸引康綏蘿，她依然堅持，拒絕做無法更改的決定。受到導演尚・雷諾瓦（Jean Renoir，譯註：畫家雷諾瓦的兒子）的邀請，聖修伯里來到好萊塢，他很喜歡加利福尼亞州，也在導演的家裡，找到了寫作時所需的那份寧靜，盧洛和希區考克兩位出版商向他邀稿，關於他所經歷的一九四〇年的潰敗，雖然他並不喜歡因爲受委託而寫作，還是全力以赴，生平第一次用口述的方式寫作，這讓他的風格添加一種更精闢、更口語的筆調，花了五個月的時間，他完成了《戰鬥飛行員》，夜裡工作到精疲力盡，高燒讓他進了醫院，因爲康綏蘿不在身邊而感到惆悵，一個照顧他、對他又百般渴望的女人浮現腦海。他發了一封電報前往歐佩德，正擔心自由區會被攻陷的康綏蘿，一秒鐘也不遲疑，終於在一九四一年十一月六日再次見到他，兩個人恢復以前的習慣，生活在這種不可抗拒的激情中，他們不能

一九四〇年十一月，聖修伯里重返紐約。
在那裡，他和法國流亡團體相逢：安德列・莫華（André Maurois，法國作家）、朱爾・羅曼（Jules Romains，法國著名劇作家）、柏斯（Saint-John Perse）、葛希力（Henri de Kerillis）……

「對我而言，
我太複雜了，我不懂得
善用自己。」
——安東尼

《風、沙、星辰》英文版封面。
得到評論和大眾的贊同，一九四一年一月十五日，聖修伯里的全集榮獲美國國家文學大獎（National Book Award）。

「爲了留住對他的
記憶，他的臉、
他的味道、他的肌膚，
我閉著雙眼離開他。」
——康綏蘿

Roger Beaucaire à l'époque où Polytechnique n'avait pas entamé sa candeur.

聖修伯里的畫，追念郵政航空公司的舊同事羅傑·波吉爾（Roger Beaucaire），在紐約時又與他重逢。

席薇亞·雅密唐（Silvia Hamilton）給安東尼的信
「親愛的，我絕不會忘記，爲了提升我的生活，你引導我的路上是多麼的甜蜜，我覺得自己就像個小女孩又重新活一次。」這個不會寫法文的美國年輕女子，透過幾個朋友的幫忙，書寫和翻譯要給聖修伯里的信。

夠面對沒有彼此的日子，也無法一起生活，所以不想這麼快就分開，他們兩個都在努力。《飛越阿赫斯》（*Flight in Arras*）在紐約出版，書中有伯納·何摹特（Bernard Lamotte）暗淡和幻象的插圖，此書在法國是以《戰鬥飛行員》書名出版。

他們住在同一棟大樓，但不同樓層，康綏蘿忍受丈夫的不忠，這就像酷刑一樣，她不無幽默地描述：「我的鄰居，也正是我的丈夫，他的訪客絡繹不絕，透過隔牆，我聽到一些吵雜聲、一些女人的聲音、一些笑聲、一些寂靜，因爲嫉妒，這一切讓我微微顫抖，因爲失寵女人的孤獨，這一切讓我無法呼吸……我就像沒有被摘下頭銜的皇后，卻被打入冷宮。」

然而一九四二年的夏天，她再度點燃希望，故事就發生在長島（Long Island）、在一份重獲的安寧中。康綏蘿在尋找一間位於鄉下的房子，聖修伯里可以在其中休息和寫作的房子，她看中「一

「再見到他時，四周有許多的男男女女，他試著讓他的客人開心，然而自己卻是全紐約最憂傷的人。」
——康綏蘿

安東尼・聖修伯里在紐約
女友席薇亞的公寓裡。
這個年輕的女人和聖修伯
里有著親密的關係，不斷
地鼓勵他寫作。

棟有三層樓的白色大房子，帶有殖民的色彩，也相當羅曼蒂克」，
屋主發現是聖修伯里夫婦，身為《夜間飛行》的書迷，他馬上就
讓出房子，甚至不收租金……在那裡，康綏蘿努力做好聖修伯里
力求的模範妻子，她和超現實主義團體及一些知識分子漸行漸遠，
丈夫不在身邊、做盡荒唐事的那些日子，康綏蘿經常和這些人往
來：唐吉（Tanguy）、恩斯特、馬松、達利、尼古拉・史達亞利
（Nicolas de Stàel）、凱薩爾（Kessel）、馬爾羅（Malraux）、侯傑・
卡羅（Roger Caillois）等，她再次找到兩人曾經失去的那份安寧和
親密。

　　有一天，《戰鬥飛行員》的出版商古堤司・希區考克，無意
間發現聖修伯里在餐廳的桌巾上隨性畫了一個他永遠的小主人翁，
便立即要求他寫一本童書，雖然有一點驚訝，聖修伯里並沒有拒
絕他的請求，相反地，構思旋即有了頭緒，他到文具店買色筆和
素描本，這個小主人翁漸漸成形，他借用康綏蘿已經完成有一段
時日的畫，再加以修改，背景是星空，小主人翁的脖子圍著一條
圍巾。創作這本書的期間，對聖修伯里而言是一種解脫，從蔓延
體內的悲觀中全身而退，故事已經在醞釀，反應他日常生活哲學
和生活藝術兩大方向。

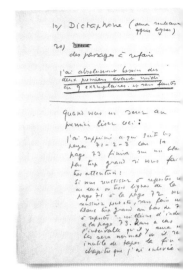

聖修伯里致祕書的手書，此時
正在寫《戰鬥飛行員》。
經由這些強迫他寫作的
美國出版商的介紹，
聖修伯里雇用一位來自里昂的祕
書瑪莉・馬布烈德，
在失眠的夜晚，他會在
小型錄音機上錄下摘錄，
之後，白天再由祕書重新抄寫。

「如果我不堅持
過自己的生活，
我將無法再寫作。」
——安東尼

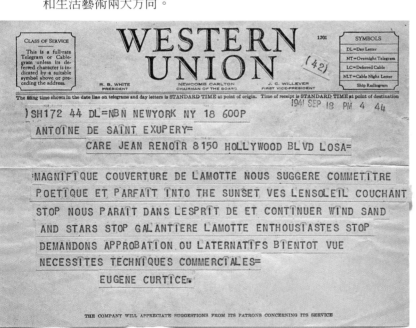

希區考克致聖修伯里的電報。
當聖修伯里收到出版商的電報時，他和尚・雷諾瓦在好萊塢，為了《風、
沙、星辰》改編為電影的計畫，出版商希區考克非常喜歡何摹特的插畫。

伯納・何摹特為《戰鬥飛行
畫的插
聖修伯里在紐約和藝術
昔日的同學伯納・何
相遇，他把《戰鬥飛行員》
插畫工作託付給

Bernard Lamotte.

安東尼·
聖修伯里
在工作桌前。

在錄音機裡

「**在**紐約的市中心,我再次見到他,就在他居住的頂樓,面對中央公園,他穿著長袖襯衫,坐在沙發上,四周滿是紙張,在嘴巴前面握著錄音機的麥克風,他低聲錄著新書《戰鬥飛行員》。」

——路易·卡斯特斯

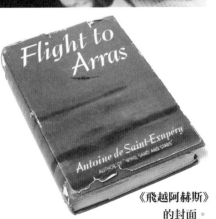

《飛越阿赫斯》
的封面。
此書於一九四二年二月二十日,
由盧洛和希區考克出版,
受到評論的青睞。

「身為飛行員的妻子,
這是一種職業;
身為作家的妻子,
這是一種聖職。」
——康綏蘿

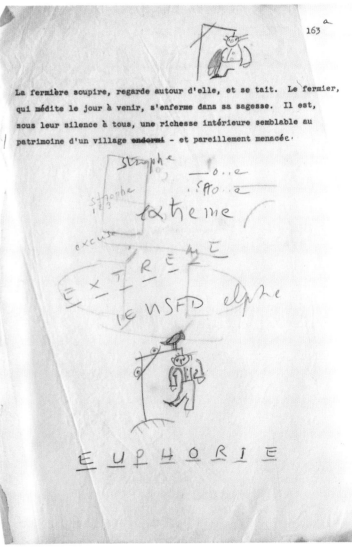

聖修伯里寫《戰鬥飛行員》的草稿紙。

Ceux qui appelent cette guerre une "drôle de guerre"
c'est nous ! Autant la trouver drôle. Nous avons le
droit de la plaisanter comme il nous plait parce que, tous
les sacrifices, nous les prenons à notre compte. J'ai le
droit de rire de ma mort si ce rire me distrait. Dutertre
aussi. J'ai le droit de m'émerveiller des paradoxes. Car
pourquoi ces villages flambent-ils ? Pourquoi cette
population a-t-elle été jetée en vrac sur le trottoir ?
Pourquoi fonçons-nous avec une conviction inébranlable
vers un abattoir automatique ?

Car en cette seconde je connais bien ce que je fais.
J'accepte la mort. Ce n'est pas le risque que j'accepte.
Ce n'est pas le combat que j'accepte. C'est la mort.
J'ai appris une grande vérité. La guerre ce n'est pas
l'acceptation du risque. Ce n'est pas l'acceptation du
combat. C'est à certaines heures, pour le combattant,
l'acceptation pure et simple de la mort.

On se trouve intégré à une aventure d'ailleurs
médiocre, mais vient l'instant où l'on butte inévitablement,
comme l'on rencontre le noyau dans le fruit, sur la mise
en demeure d'avoir à accepter de mourir dans les vingt
minutes sans compensation.

Je dis : sans compensation. Même patriotique.
Même sociale. Vient l'instant où celui-là qui se cramponne
à sa mitrailleuse se trouve condamné à disparaitre sans
que son action soit en mesure de retarder, ne fut-ce que

《戰鬥飛行員》打字稿，上頭有聖修伯里的親筆修正。

99

安東尼給康綏蘿的電報，要求她來
紐約和他相聚。

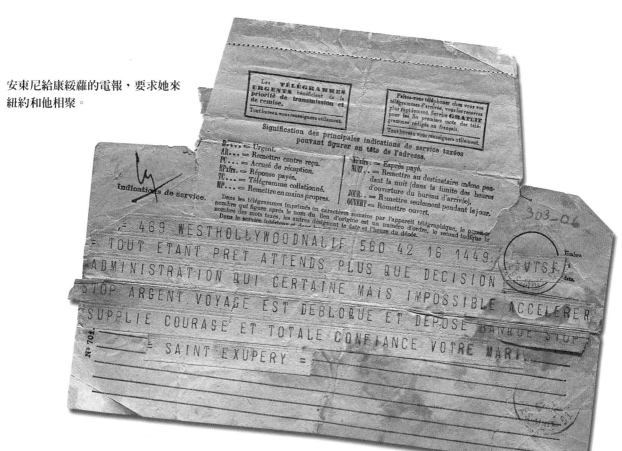

「已經有千年那麼久，我們不曾
擁抱、不曾交換眼神，
他突然打開雙臂，緊緊摟住我，
讓我無法呼吸，同時大喊：我們
離開這裡，馬上就離開。」
——康綏蘿

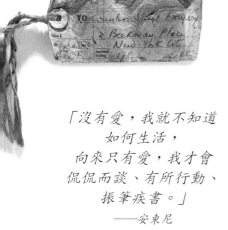

「沒有愛，我就不知道
如何生活，
向來只有愛，我才會
侃侃而談、有所行動、
振筆疾書。」
——安東尼

15 janvier - avignon

J'ai passé la soirée avec un aviateur qui s'occupe des sports et qui, en 37, à Bamakoo, a vendu une jeune lionne à monsieur ton époux, qui peut-être te destinait ce présent tumultueux. Il m'a parlé par hasard de cela, alors que je ne lui demandais rien, et longuement ensuite du vent de sable et de toutes les horreurs du désert mais ça ne valait pas le vent de tes deux gazelles qui, un jour, sont parties, pour ne plus revenir…

Je suis, ce soir, dans un hôtel bien chauffé, et j'ai mangé un lapin à l'ail comme tu n'en mangeras pas pendant quelques temps. Plaisirs de célibataire!

Mon chéri, on m'a dit beaucoup de bien de ton mari, ce soir, pourquoi a-t-il fallu que tu sois la femme de ce grand homme? Te rend-il heureuse? Dis moi ça très franchement je me souviens qu'au début, tu me disais 50 pour cent, après (à Avignon) 70, plus tard près de ton départ, tu étais revenue à 50, dis moi quel est la cote à présent. Toi, pour moi, tu es cent pour cent, et il n'y a pas une pensée dans ma vie qui s'écarte de ton cher visage.

Mais je voudrais te voir, je commence à avoir peur de parler sans cesse à cette femme silencieuse qui devient une chose irréelle et dont les traits s'estompent lentement.

Parle moi, je t'en prie, Caillita, parle moi un peu comme je te parle chaque soir. As-tu soudain tout oublié, as tu fait une pirouette (comme le jour de ton départ, ma dernière image, je n'ai pas aimé cela) et t'es-tu lancée vers une autre route, vers quelque lointain mirage?

J'ai très mal, tu sais, j'ai le cœur qui se déchire, viens à mon secours ———

16 janvier -

J'ai travaillé encore à Avignon toute la journée. Je ne perds pas de temps, il le faut. J'espère que mon télégramme va t'arriver et que tu vas vite me répondre mais ce sont de lettres que je veux, tu devais m'en écrire de très longues et de très belles. Je me suis souvenu aujourd'hui d'une de nos premières soirées, celle où j'ai dû te raccompagner à La Pomme et où nous avons passé les heures à chercher le château. Je m'en veux encore terriblement de ce soir là. Notre vie n'a-t-elle pas été ainsi? nous avons couru de tout côté à la recherche d'un lieu très rare (que nous n'avons pas trouvé) à bout de souffle, et tu as laissé porter et cela fait mon désespoir. Mais n'oublie pas que le lendemain de cette aventure d'Air-Bel, j'ai su te retrouver. Je t'aime bernard

伯納‧傑費斯致康綏蘿的信（謄本見本書附錄，第173頁）。

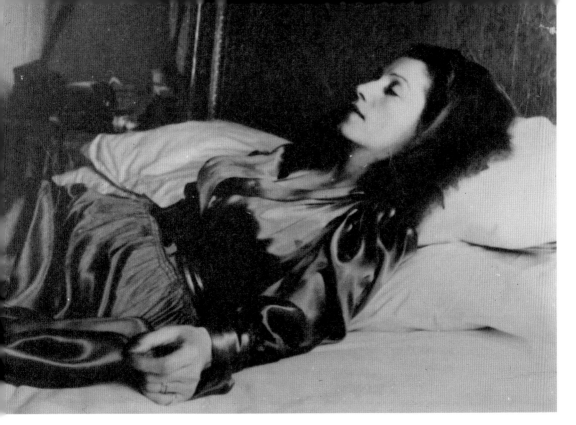

被遺棄的
妻子

「我的鄰居，也正是我的丈夫，他的訪客絡繹不絕，透過隔牆，我聽到一些吵雜聲、一些女人的聲音、一些笑聲、一些寂靜，因爲嫉妒，這一切讓我微微顫抖，因爲失寵女人的孤獨，這一切讓我無法呼吸……我就像沒有被摘下頭銜的皇后，卻被打入冷宮，於是所有這些白色的桌巾、所有的奢華、所有摩天大樓的燈光，都讓我無法忍受，我只要一件東西：一個酣睡時可以依靠的肩膀。」

——康綏蘿《小王子的玫瑰》

康綏蘿於紐約的公寓。

迫不急待想和安東尼會面的康綏蘿，立刻就感到失望。她必須住在安東尼樓下的公寓，各自擁有自己的住處，康綏蘿招待來自巴黎的朋友，這些人在紐約找到了庇護：米羅、恩斯特、杜象、布烈東……然而她經常都是獨自一人，一次又一次看著傑費斯寄給她的信。

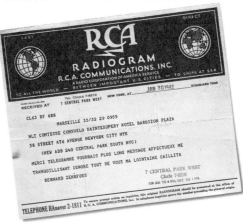

伯納·傑費斯致康綏蘿的電報。

「我在這間冰冷的套房裡踱步，
盯著這些瓷器、這些雕刻、這些全世界的旅館
都一樣的東西，我望著所有亮著燈的大樓，
那扇窗才是我丈夫的家？」

——康綏蘿

安東尼的肖像，一九四二年五月攝於蒙特婁。

康綏蘿的肖像，一九四二年五月攝於蒙特婁。

安東尼
拒絕離婚

「幾天之後，爲了解決現況，我們會見律師，爭執因此出現，律師用糟糕的法文對他說，他視我如情婦，而不是妻子，身爲我的律師，他已經準備好要替我辯護。

我的丈夫起身，在我的唇上強吻了一下，這是我住在紐約半年以來，他第一次吻我，我很生氣，因爲他不是眞心誠意的。

他作出結論：「我不在乎法律，我愛妳。」然後怒氣沖沖地把門甩上，一切又重新開始，我想起阿爾梅尼亞……山坡上開著花的橙樹……我們年輕歲月的愛情……」

——康綏蘿《小王子的玫瑰》

「我的內心這麼地寒冷，我需要聽到妳的笑聲，我讓我親愛的小女人、我的愛人如此傷心，我也需要妳，請不要不給我任何音訊，妳是我心靈的糧食。」

——安東尼

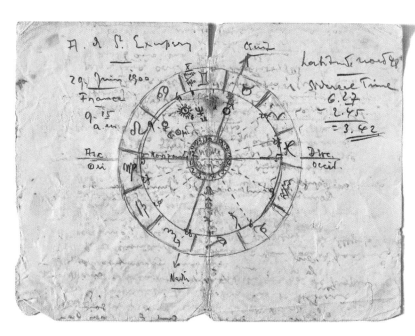

聖修伯里的占星圖。

Juillet 42 - 1 - Bon pour affaires de routine - Danger
d'accident après-midi.

2. Douteux - Patience.

3. Mauvais pour attachements sentimentaux et
nouvelles. Tristesse - Confusion

4. Douteux - Exigence - Exagération - Après-midi
favorable à l'amitié.

5. Bon pour correspondance -

6. Bon pour rapports sociaux - voyage - visites - Activité.

7. Contrariant - Une chance s'offre -

8. Bon pour activité créatrice, amitié, visions - Déplacem

9. favorable

Santé à surveiller - Soir "romantique -

10. Douteux pour affaires, signature, se méfier -

11. Soir bon pour invitation - Gain possible -

12. Bon - chance de progrès financiers - rêves
romantique.

13. Inspiration, vision, succès en tout. Changements.

14. Bon pour finances, rapports avec personnes âgées.

15. Bon pour finances, si impulsions contrôlées. Gains.

16. Douteux - Brouille possible avec parent, voisin.
Surveiller papiers importants.

17. Santé à surveiller - Bon pour choses légales. Jugement clair

18. Finances en progrès - Imagination à contrôler.

19. Affaires de famille donnent du souci.

20. Douteux - Patience »

21. Très bon en tout. Un des meilleurs jours du mois.

22. Surveiller dépenses - Éviter placements d'argent.

23. Douteux - Déception - Difficultés.

24. Bon - Accroissement par services rendus. Nouveaux
biens.

聖修伯里於一九四二年七月做的占星卜卦。

「多麼安詳的北
方港！甜蜜時
光回來了！」
——康綏蘿

在貝文房舍（Bevin
House）的陽光下。
左邊是丹尼斯・盧傑
夢，最右邊是替安東尼
上英文課的
雅黛娜・布赫
（Adèle Breaux）。

　　位於北房（North House）的這間房子，變成「小王子的家」，就是在這裡，聖修伯里花幾個小時為已經完成的故事做插畫，幾個禮拜的時間，小主人翁就有所進展；從小外星人的雛型，變成一個俊秀的小男孩，有著亂蓬蓬的頭髮，脖子圍著圍巾，在沙漠中講話……康綏蘿和所有稀客一樣擺好姿勢充當模特兒，第一位是丹尼斯・盧傑夢（Denis de Rougemont），輪到他在《日記》中勾勒聖修伯里，嚴守「兒童畫畫的風格，力求不要超出框框」……聖修伯里妥當安排筆下的所有人物，有著漂亮鬍子的老人、朝氣蓬勃的花朵、一些小動物……他總認為小王子和康綏蘿很相像，有著小男孩奇特的髮型、圍巾在風中飛舞，熟悉顏色的康綏蘿會提出建議和看法，從不遲疑賦予某張圖片新意義，她甚至拿掉聖修伯里在蛇身上不恰當地加上的納粹標誌，她是小王子的玫瑰，有著細緻光滑的花瓣，當然也是帶刺的玫瑰，為紀念她的祖國——火山地區，在文中加入火山的情節並且繪有插畫，特別是因為她是這朵小王子永遠會回到她身邊的玫瑰：「妳必須永遠為妳所馴服的一切負責，妳要為妳的玫瑰負責……」。

　　「多麼安詳的北方港（Northport）！甜蜜時光回來了！」康綏蘿激情地歡呼，儘管這個夏天，對兩個人而言就像上天的恩典，聖修伯里卻因為戰局吃緊感到憂心與忐忑，從一九四二年十一月開始，戰局就愈演愈烈。

在貝文房舍的康綏蘿。
為了躲避紐約的暑氣，
兩個人住在長島的貝文房舍，
遠離流亡的法國團體，
安東尼和康綏蘿變得親密，
當聖修伯里重新投入寫作的同時
康綏蘿就作畫。

安東尼・聖修伯里的自畫像。

在貝文房舍做日光浴。

小王子誕生

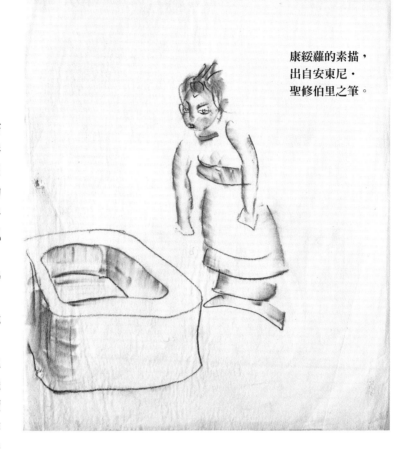

康綏蘿的素描，
出自安東尼·
聖修伯里之筆。

聖修伯里重新投入童書的創作，並且用水彩替內文做插畫，禿髮的巨人，有著出身高貴禽鳥般的圓眼睛，機械技師精細的手指，他嚴守兒童畫畫的風格，力求不要『超出框框』。我擺了一個小王子的姿勢──趴著睡、把雙腳舉起，安東尼笑得像個孩子：『你待會兒就會拿著這張圖說：這是我！』晚上的時光，他會替我們朗讀一本巨作的幾個章節（「我即將替你們朗讀一本我死後才會出版的作品」），而我覺得這是他最美的作品。夜裡當我疲憊不堪時，他依然來到我房裡抽菸，以嚴厲、不妥協的語調討論戰役，他給我的印象就像一個無法停止思考的腦袋。」

──丹尼斯·盧傑夢《日記》

「她為我散發芬芳、為我點燃明燈，
我不應該逃走的！我早該猜到她那可憐的詭計背後
所藏匿的溫柔，但是當時我還太年輕，
不知道如何來愛她。」
──《小王子》

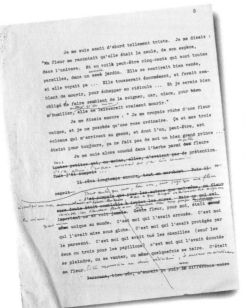

《小王子》一書中玫瑰的章節，未定案的打字稿，上頭有聖修伯里的親筆修正。

幾個朋友圍著康綏蘿，於貝文房舍前，在她的右手邊是丹尼斯·盧傑夢。

美軍登陸北非，德軍攻陷自由區，直逼土倫（Toulon），目的就是要佔領沉沒的法國軍艦。聖修伯里氣急敗壞，他知道他有任務要去完成，不能就這樣無所事事，只是繪製在沙漠中迷路的小王子。對康綏蘿的愛依然熾熱，在康乃狄克州的日子是美好的，首先是威士普（Wesport）的木屋，之後是長島的伊頓奈克（Eton Neck），一棟三層樓的白色大房子——貝文房舍，然而最終卻讓他有罪惡感。他想返回紐約，取得聯絡，企圖重返軍中，在一九四二年年底，他在紐約時代雜誌發表一封公開信：〈給世界各地的法國人〉，號召所有的法國人拿起武器，也呼籲並非每個人都同意的國內和解，為一九四三的號召寫下序曲：「我們一定要謙卑，我們在政治上的爭論都只是空談，我們的雄心壯志是可笑的……」，他建議所有在美國的法國人，都發一封電報給羅斯福總統的國務祕書，他甚至還提供範本：「我們誠心地懇求任何形式的支持，我們希望全美的法國人能夠動員起來，我們提前接受所有最受期待的組織，但對法國人之間分裂的意圖深惡痛絕，我們只希望法國能夠免於政治化。」

小王子的家。
「每個星期我都會在貝文房舍度假三十六個小時，這間房子是康綏蘿找到的，有人可能會認為這是她自己設計的，非常寬敞，就位在遍地是樹的岬角上，因為颱風吹襲顯得雜亂，但是蜿蜒的礁湖溫柔地環繞三邊，往前延伸到熱帶雨林和島嶼的景觀，憂鬱、容易動怒的東尼歐，第一個住進來的夜晚，就寫下這些話：『我只想要一間小屋，這裡卻是凡爾賽宮！』而現在，大家都不知道要怎麼讓他走出貝文房舍。」
——丹尼斯·盧傑夢《日記》

「這是一間為幸福量身訂做的房子。」
——康綏蘿

康綏蘿在
貝文房舍前。

《小王子的玫瑰》
構思中的摘要。
在貝文房舍的日
子，是康綏蘿
一生中最幸福的
時光之一。
「小王子的家。
他幸福地寫作。
《小王子》完成
了。他的身體狀
況再好不過……」

111

基督教哲學家尚克‧馬力坦（Jacques Maritain）在紐約帶頭策謀反對他，聖修伯里不只把它視爲一個陰謀：是一椿眞實的政治屠殺，他得知馬力坦將介入媒體，他提前發表這篇文章並寫信給他：「在我眼裡，您代表的是正直、正義、無私與廉潔，我自覺在心靈層面與您的看法完全一致，帶著某種程度的愛戀，我閱畢您所有的著作……我寧願是任何形式的辱罵，而不是一個男人單純的介入，他的干預將扭曲這次的爭論，因爲實質上它已經脫離了政治，脫離了理性的程序。此次的參與，在我個人的道德裡會自我評判，我不得不認爲自己是單純的。」這是一封沒有啓任何作用的信，馬力坦在《支持勝利》報紙中反駁，他背信棄義地宣布「有時候是應該仲裁」，不該抹滅到目前爲止所發生的一切……

聖修伯里想要一種超越法國、一種更寬廣的視野，饒恕所有的不是，再把他們團結起來：「團結群眾」這種不變的想法，一直以來都存在，也曾經在《風、沙、星辰》中表達過，他抨擊所有遠離戰爭、過著安定生活的流亡者，看不起逃跑的人，他不像以前那麼經常外出，與尚‧雷諾瓦在好萊塢見面，在中央公園、日落大道、全紐約最昂貴、最時髦的地方用午餐，有尚‧卡班（Jean Gabin）、瑪蕾蓮‧狄耶帝許（Marlène Dietrich）、女演員雅娜貝拉（Annabella），以及葛塔‧柯博（Greta Garbo）相伴……這一切都結束了。

康綏蘿不再能讓固執的他讓步，他的內心「有種無法平息的抑鬱」。康綏蘿漸漸明白他是對的，也對他的勇氣引以爲傲，卻替他，也替自己感到害怕，但並不打算讓他從本分中退縮，她充滿母性的光輝，她對他說：「你也是我的兒子。」從此，他們的關係將有所不一樣，重新找回的安寧就要撕裂，兩個人在紐約突然離群索居，某種程度上像是被這個小團體排除在外，因爲他們不再按照慣例生活，雖然她試著讓他解悶，要求他用錄音機來工作，但是聖修伯里並沒有使用，他比較偏愛拿筆寫作。

《給人質的一封信》訴求的不僅是對國家的捍衛，也是對人權的捍衛，他把此書交給美國出版商布烈特諾（Brentano's）。他的焦慮變得難以忍受，他爲國犧牲的使命再次逼迫著他，他說他想要當夜裡的聖修伯里、冷靜的聖修伯里，「唯一想就位的是軍人的位置，也有可能是北非某個小墓園裡寧靜的床。」

「我俯身向著這個光滑的額頭、柔嫩的雙唇，我對自己說：這是一張音樂家的臉蛋，這是莫札特小時候，這是一生中美麗的承諾，故事中的小王子和他沒什麼兩樣。」
——安東尼

聖修伯里的鉛筆和削鉛筆機。

安東尼·聖修伯里在書桌前。

- Bonne nuit, dit le petit prince.

- Bonne nuit, dit le serpent.

- Où suis-je tombé, dit le petit prince ?

- Sur la Terre, en Afrique, dit le serpent.

- Il n'y a donc personne sur la Terre ?

- Ici, c'est le désert. Il n'y a personne dans les déserts.

- Ah ! fit le petit prince.
Il s'assit sur une pierre. Il leva la tête vers les étoiles :

- C'est curieux, dit-il au serpent. La planète d'où je viens est tout juste au-dessus de moi...

- Elle est belle, dit le serpent Que viens-tu faire ici ?

- J'ai des difficultés avec une fleur, dit le petit prince.

- Ah ! fit le serpent.
Et il y eut un silence.

- Où sont les hommes, reprit le petit prince. On est un peu seul dans le désert. Là-bas j'avais une fleur...

小王子和蛇，
未定案的打字
稿。

113

構思中的圖稿。
主人翁在兩側懸掛在星星上的吊索上。

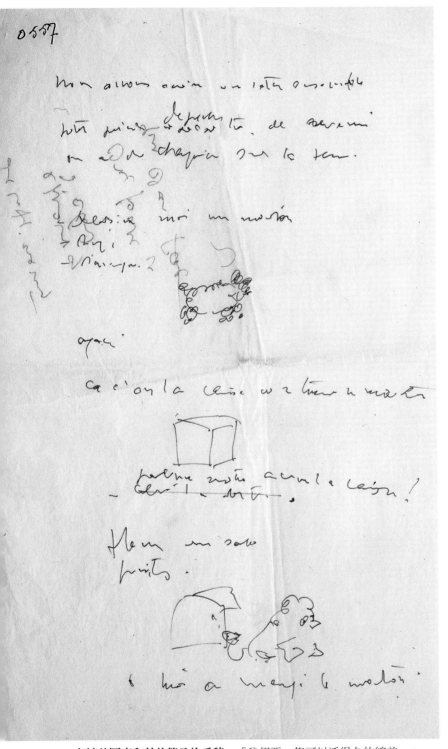

有綿羊圖案和牠的箱子的手稿。「我想要一隻可以活很久的綿羊。」

「我和小王子擺著
相同的姿勢，所有
來家裡的朋友也是，
他讓所有人氣瘋了，
因為一旦他的畫完成
了，畫裡不是他們，
而是有鬍子的丈夫、是
花朵、是小動物……」
——康綏蘿

「整個白天我都在畫
畫，畫了幾個小時
還是覺得時間短促，我
發現我天生就是：
這隻當代牌的鉛筆，是
炭筆的石墨筆芯。」
——安東尼

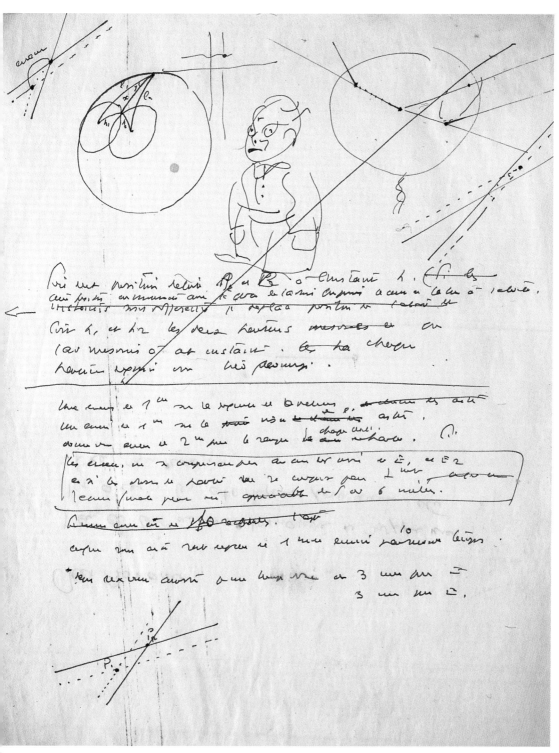

聖修伯里的草稿紙。

D'Oppède à New York │從歐佩德到紐約

Jamais, jamais les renards ne reviennent !

聖修伯里構思中的圖稿，
小王子和狐狸。

安東尼・聖修伯里的
水彩盒。

《小王子》的封面。
一九四三年三月，《小王子》在紐約以英文出版，次月，聖修伯里出發前往北非時，由紐約的法文出版社發行法文版，沒有人料想到此書會成爲二十世紀文學界的神話。

我不該讓年
華老去，童年
的時候，我是
麼地幸福……
尤是現在，童
變得甜美。」
——安東尼

Cher smi
Je ne comprends absolument rien aux explications que me donne Becker et je crois qu'il ne comprends absolument rien à ce qu je lui demande depuis trois mois.
Lorsque je lui ai remis mes dessins je lui ai dit:
"Je desire absolument avant que tout travail soit entrepris
décider moi meme   a) les emplacements des dessins
                    b) leur taille relative
                    c) le choix de ceux a tirer en couleur
                    d) les textes a joindre aux dessins
Lorsque j'ecris par exemple :"Voila le plus joli dessin que j'ai reussi a faire de lui..." Je sais parfaitement quel dessin je désire placer là , si je le desire grand ou petit , en noir ou en cou couleur,confondu avec le texte ou distinct. Je crois qu'il est tres important pour ne pas perdre trop de temps par des cOrrections labo-rieuses d'etre d'abord parfaitement d'accord sur la future maquette du livre."
Je n'ai jamais reussi a me faire clairement entendre de lui et n'ai jamais eu l'occasion de numeroter mes dessins .pour specifier leur role.

爲了《小王子》的
準備工作，安東尼·
伯里寫給出版商的信。

爲了能再次進入軍隊及參與戰爭，他利用各種管道，終於重返紀厚將軍在阿爾及利亞的空軍大隊，找到他真正的位置，一個和他的思想及寫作相符合的位置，他構思新書，把它當作是入伍的見證，不是捏造，也不是謊言。大量的準備工作，讓他複雜的性格更趨嚴重，他繼續和席薇亞見面，他承認從她那兒感受到無比的溫柔，她寫給他的那些熱情如火的信，讓他們的關係明朗化，全部由一位朋友幫她翻譯成法文，爲了安撫她看他離去時的痛苦，聖修伯里對她說：「我想送妳一件耀眼的東西，但是這是我僅有的……」，他把他的「蔡司萊卡（Zeisse Ikon）老相機和《小王子》的手稿……」放在她的手上，她是這樣描述的。他也企圖減輕康綏蘿的痛苦，想要讓她習慣他的離開，在他的心底，只有一個渴望，萬一他能在此次的戰爭中倖存，他要過著本篤教修行者的清靜生活，同時，他想結束和康綏蘿生活在幸福鄉下那種寧靜的日子，這種幸福的象徵可能就是花園餐桌上潔白無瑕的桌巾，一個整理得很好的花園和熱騰騰的鍋子……

在葛塔・柯博的昔日公寓

「從我家高得令人暈眩的陽台，我就近俯視恩斯特的房子，他的工作室成圓椎狀地往河邊延伸；而和聖修伯里的房子幾乎就是毗連而立：是間有四層樓、狹窄但是即高又深的房子，不久前連帶家具都是葛塔・柯博的，整個紐約，只能用迷人來形容：野獸派風格的地毯、霧面的巨大鏡子、墨綠色的古老書架、還有在玻璃窗前滑行的船隻，就好像緊貼著桌毯。」

　　　　——丹尼斯・盧傑夢《日記》

安東尼・聖修伯里的畫，放在一封給康綏蘿的信的信首。

康綏蘿的記事本。

康綏蘿，一九四三年，紐約。於一九四二年年底，安東尼和康綏蘿回到紐約，住在比克曼廣場，就在葛塔・柯博住過的公寓。

安東尼‧聖修伯里在
NBC廣播電台。
在一九四二年十一月八
日同盟國進入北非之
後，緊接著是法國南部
的淪陷，聖修伯里號召
維護由美軍支持的紀厚
將軍，號召的開場白
是：「法國優先」，在
全美所有電台以法文播
放，並且再次刊登在北
非的所有報紙中。

「你覺得自己
不被理解，
這是因為你無法
澄清一連串的
誤解。」
——康綏蘿

致馬力坦信件的草稿。
聖修伯里在廣播上號召維護紀厚將軍，
他的介入和流亡美國的親戴高樂派引發
筆戰，尚克·馬力坦在《支持勝利》報
中回應聖修伯里，
爲此感到失望的聖修伯里，
寄給他一封很長的信，
在信中爲自己的立場辯護，
此信並沒有得到回應。

Mon cher ami

Je suis desespéré d'apprendre que vous me " repondez ",
dans la victoire. J'imaginais que vous aviez aimé mon
article. J'imaginais que vous aviez senti la direction de
mon effort.

Evidemment, a peine ce papier a-t-il paru, j'ai été du
reconnaitre que, par beaucoup, il était lu a contre sens.
Je n'ai vu la qu'un mécanisme passionnel. Quand on
vivait de la polémique on y retrouve partout chez
quelqu'un polémique en petit. J'ai aussi Pierre Cocteau on y
méme ! J'ai donc, naturel, relu mon livre une
fois et ne n'ai trouvé la peu raison à mon écrit. Je
ne saurais pourtant (non ne connais pas) de raison et
charge. Mes un ouvrage en livre l'extraordinaire cent lieux
raisonnant être a ti en laisser ... un mai en va pas le
maison en maison instruit la méme vos même le cas de sa
femme en une négociant. Chacun étant séparé. Cacun
le lui mai infini peu comquer on ne répond. " un avenu
néng en prochain Armand — comment cap au ouvrage an
amuse, aussi si en ai pas parlé ? — votre lui a écrava en
mois aux américains Cul'aux français avec vaincu. +
Effort. J'avais essayé de ... vaincre ! J'avais reconnu en
devoir tuer os le chas intime à une subatoire. Et peut

「紐約，所有的分歧、爭論、誹謗，眞的讓我反感，也許就是這樣，
他們讓人覺得累，人，不應該是這樣的，這是令人難以理解的假象。」
——安東尼給康綏蘿的信

121

這種聖人的完美理想，讓某些流亡者嗤之以鼻……他寫了一封尖酸刻薄的信回應布烈東的抨擊，對他說：「很可惜，你從來就不曾面對經過認同才死亡這個問題，所以你早該察覺人類需要的不是恨，而是熱忱，『反對』沒有什麼大不了，『贊成』才是嚴重……你對抗的不僅是武裝部隊、國內統一、犧牲的精神，還有異己思想的自由和博愛，所謂博愛是要包容所有分歧的意見，日常的道德心、宗教思想、愛國的看法、家族意見、家庭觀念，更廣泛地說，是整個以人為基礎的思想，無論這個人是誰，這樣的人才可以提出抗議。」

他和蘭莉一直都有書信往來，儘管他們已經正式分手，信中他會徵詢她的意見，會提到進行中的《要塞》一書，此書精神層面的注重將使它成為一本真正人道主義著作的縮小版，他內心的煎熬讓他無法保持理性，和那些流亡的朋友一起時，他帶有攻擊性、容易動怒、變得無法容忍異己。他對傅歇（Max-Pol Fouchet）說：「我什麼也不是」，在寫給蘭莉的信中，他又不斷地重複：「我孤零零一個人，一個人，一個人，在這個地球上，哪裡才有我棲身之處？哪裡才是我的家？」偉大的話語脫口而出：「我家！」。終其一生，他在尋找的不過就是一個安定、堅固的地方，總之就是有如「媽媽的床」，他不斷提及，對幸福永恆的幻影，不管他寫的那封信內容如何，她描述她內心的失望：「為了不立即感到不自在，我太苛求了。」在一九二五～一九二六年的冬天，他就承認：二十年後健康狀況還是會一樣……他的健康狀況不佳，在過去事故中所受的傷，成了他的累贅，讓他痛苦不已，已經好幾年，他習慣用鴉片來減輕疼痛。他腦中所牽掛的還是歐洲，他不再參加奢華的猶太聚會，當整個世界陷入絕境時，這種奢華讓人陶醉在愉悅當中。珮姬・古仲安（Peggy Guggenheim）和他的夫婿恩斯特舉辦一些超現實團體的聚會，像是逃避戰爭的一種方式，大量的香檳和魚子醬……他壓抑著前往聚會的欲望，從此以後，他的行為必須符合他的思想及文字。

康綏蘿同樣也遠離了這個流亡的小團體，她回到他身邊、接受他，他想要全部拋開，於是要求她只當「這盞受到讚美的小燈」，讓家保持明亮的燈。責難、爭吵的日子徹底結束，她接受他指派的這個角色：從此以後，她將是上帝的侍者，將依循基督教正規的傳統，必須醒著等待主人歸來，他只用借來的字眼寫信給她，最常見的就是宗教的語彙，對這隻「島嶼上的小鳥」而言，

《美洲的法文世界》。

這本加拿大雜誌，發行《給人質的一封信》的第一部分，以《給朋友的一封信》為書名出版，把它分為四篇文章，「獻給聖修伯里」。

「我想要進駐我丈夫的心裡，他是我的星星、我的命運、我的信仰、我的最終……」
——康綏蘿

聖修伯里的輪廓自畫像。

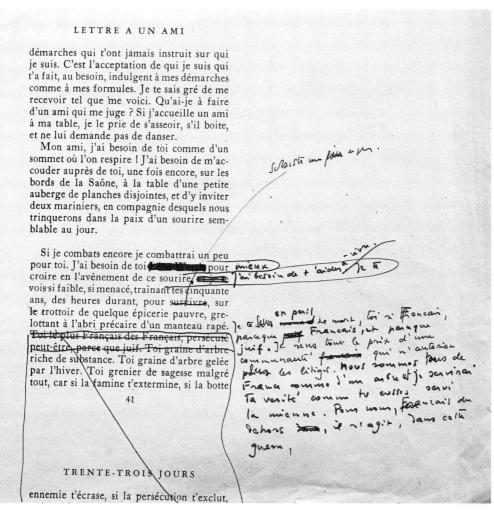

LETTRE A UN AMI

démarches qui t'ont jamais instruit sur qui je suis. C'est l'acceptation de qui je suis qui t'a fait, au besoin, indulgent à mes démarches comme à mes formules. Je te sais gré de me recevoir tel que me voici. Qu'ai-je à faire d'un ami qui me juge ? Si j'accueille un ami à ma table, je le prie de s'asseoir, s'il boite, et ne lui demande pas de danser.

Mon ami, j'ai besoin de toi comme d'un sommet où l'on respire ! J'ai besoin de m'accouder auprès de toi, une fois encore, sur les bords de la Saône, à la table d'une petite auberge de planches disjointes, et d'y inviter deux mariniers, en compagnie desquels nous trinquerons dans la paix d'un sourire semblable au jour.

Si je combats encore je combattrai un peu pour toi. J'ai besoin de toi pour mieux croire en l'avènement de ce sourire, je te vois si faible, si menacé, traînant tes cinquante ans, des heures durant, pour survivre, sur le trottoir de quelque épicerie pauvre, grelottant à l'abri précaire d'un manteau rapé. Toi le plus Français des Français, persécuté peut-être, parce que juif. Toi graine d'arbre riche de substance. Toi graine d'arbre gelée par l'hiver. Toi grenier de sagesse malgré tout, car si la famine t'extermine, si la botte

41

TRENTE-TROIS JOURS

ennemie t'écrase, si la persécution t'exclut,

《給朋友的一封信》成書過程中的校樣，上頭有作者的修正。

康綏蘿‧聖修伯里的戶籍證明。

「差不多三百年前，有人就寫出《克萊芙王妃》（*La Princesse de Clèves*），或者說當時就有人為了活下去，把自己關在修道院裡，因為一段已逝去或是刻骨銘心的愛情。」

——安東尼

123

這個角色是全新的。她曾是一九二○年代巴黎受寵愛的小孩，尼斯密拉杜別墅的繼承人，裡頭有著豪華的家具，科多爾省的宴會女王，讓丹儂吉歐暈頭轉向的女王，然而她還是狂亂地愛上這個角色，幾乎帶有英雄氣概……聖修伯里不想再待在這個小圈子，他只和康綏蘿或者一、兩個朋友一起吃晚餐，和他的狗亞尼巴爾在一起時，他找回童年的心情、所有聖莫里斯的遊戲，他對著他的狗兒吹肥皂泡泡，讓牠用厚大犬掌把泡泡戳破。恩斯特、盧傑夢是比克曼廣場僅剩的知心好友之一。

然而安東尼一心所想的是爲國效力，他對康綏蘿說：「在這場奇怪的戰爭裡，我需要有人朝我開槍，我需要感覺已淨過身，我需要感覺潔淨無瑕。」康綏蘿知道她無法躲開他以死明志的決心，她知道沒有任何東西可以打消他離開的念頭，她寫道：「當你獲准重返第三十三聯隊第二空軍大隊時，你就可以參與戰爭，就會有人朝你開槍，也許只有在此時你才會覺得幸福……」。《小王子》最後的章節，爲他的消失埋下伏筆，對康綏蘿而言，就只能任由時間來帶走這一切，任由時間把「東尼歐，我的愛，我的大樹……」從她身邊帶走。

在任何時刻

「從我們住在離彼此一百公尺遠的那時候起，我的夜晚就已經泡湯，不管是康綏蘿還是安東尼，他們的電話在夜裡隨時會響起，剛剛有事情意外發生，或是和X先生、Y小姐，或是和康綏蘿，「所以你來一趟，我們在西洋棋上好好較勁一番。」（有天晚上，我對他們說：「你們不是一對夫妻，而是專門在擾人清夢的同黨，在紐約每個人都知道。」）聖修伯里在法國和在非洲時，在飛行基地經常下西洋棋；毫無爭議，他的棋藝比我高明很多，在棋局當中他會不停地哼哼唱唱，有時候帶點故意，這讓人很生氣，也會馬上就讓我不知如何出手，但也許這種情況並不常發生。」

——丹尼斯．盧傑夢《日記》

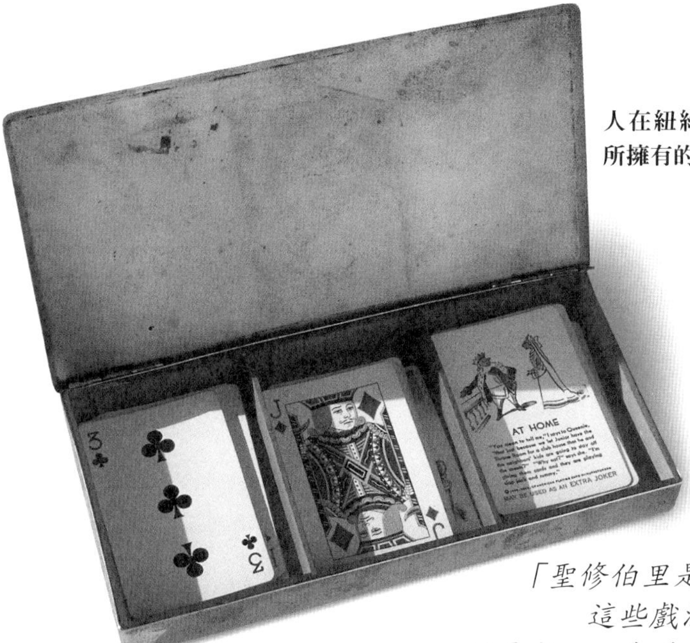

人在紐約的聖修伯里所擁有的紙牌。

「聖修伯里是各種紙牌戲法的魔術師，
這些戲法可以區分出兩種人：
一種是對不正當的理由，愛挑三揀四的理性主義者；
另一種人，是全盤接受他所不懂的事物。」

——李歐．韋泰

棋局中的聖修伯里
在紐約，和朋友置身在冗長的棋局當中，讓他忘記流亡生活的單調。

這張照片攝於葛塔・柯博昔日公寓，也是他們兩人在紐約的住所，爲了引起安東尼的注意，康綏蘿在照片的背面寫上情話：「不要讓我迷失！不要讓你自己迷失！回頭見！」

最後在紐約的日子

「你覺得自己難以理解，我不知道如何讓你開心，我建議你到中央公園走走，去看看老虎、獅子、黑猩猩，當你看我手上拿著花生餵食時，終於露出一絲笑容。從一九四三年以來，整整幾個星期，你不清楚自己心裡、腦中在想什麼，於是就手持大剪刀，製作小飛機。有一天，一位警察甚至跑上樓來警告你，說你在紐約的街道製造髒亂！我們終於搬進柯博的家，我覺得高興，但是我看見你一點也不開心，你是不會開心的，我很清楚，只有當你獲准重返第三十三聯隊第二空軍大隊，參與戰爭，有人朝你開槍，你才會快樂，你必須離開，這點我很清楚。」

——康綏蘿《小王子的玫瑰》

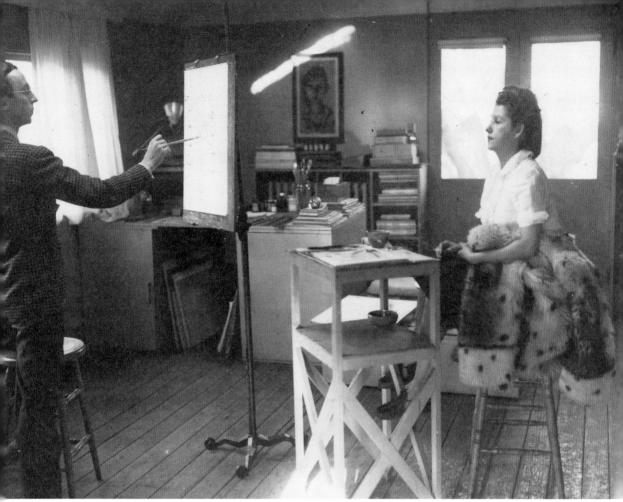

康綏蘿的肖像，
經過長時間維持固定
姿勢所完成。

「今天天氣寒冷刺骨，
而我對生命
還不是很明白，
我還不知道何去何從，
如何成為一個可以和
自己和平相處的人。」
——安東尼

兩人最後一張合照，
於一九四三年。
聖修伯里穿著軍服，
準備出發前往
突尼西亞，
他將重新回到勘察航
線的工作崗位。

127

「在這場奇怪的戰爭裡，我需要有人朝我開槍，我需要感覺已淨過身，我需要感覺潔淨無瑕。」——安東尼

認定為失蹤

聖修伯里終於獲准前往第三十三聯隊第二大隊，和他摯愛的同袍會合。一九四三年八月一日被徵召入伍，他心喜若狂，對康綏蘿說：「我並不希望陣亡，但如果必要的話，我會心甘情願接受就此長眠。」她接受這樣的命運，她很清楚長久以來，他就準備好要「犧牲」。

他在她身邊以各種方式證明他的愛，再一次向她保證，他和蘭莉已經分手，而她——康綏蘿，將會是接下來故事的主角，打算把她寫入小王子的故事裡，如此一來她就屬於他，康綏蘿建議他把《小王子》獻給他的朋友李歐‧韋泰，「妳不再是一朵帶刺的玫瑰，妳是永遠等待小王子的夢中公主……」

在紐約，所有流亡的朋友都替康綏蘿打氣，他們對她說：「當聖修伯里的妻子是多麼的快樂……妳過的日子是獨一無二的，他將擊落很多德國戰機，就像是電影情節，妳會看到的，對丈夫為妳帶來的那份榮耀，妳會引以為傲，這份榮耀會在妳身上發光發熱……」。然而她的心情還是無法平息，她強忍著不讓人看出來，為了不加深東尼歐的感傷，她甚至強顏歡笑、談論他的歸來。

他終於離開，所有的道別讓人心如刀割，康綏蘿把它們全部收入在《小王子的玫瑰》中，不讓絲毫的傷與痛遺漏。聖修伯里在離開前對她低聲耳語：「我的家就在這裡，在妳的體內，我的泉源就在妳的眼光裡，當妳打開時，我就會帶著斑白的鬍子回來，也許還帶著蹣跚的步伐，妳應該會認為我很帥，就像一棵大樹覆蓋著白雪，這是戰爭的年代所飄下的白雪。我的薔薇，閉上雙眼睡吧，我就要走了。」

幾個小時之後，在他們位於哈德遜河（Hudson，位於紐約州的東部）岸的公寓窗口邊，燈火通明的軍艦不斷來回穿梭，就像夜裡的聖誕樹，也許其中的一艘正是要護送聖修伯里搭乘其中的

由康綏蘿繪製的安東尼‧聖修伯里的畫像。

「在這場奇怪的戰爭裡，我需要有人朝我開槍，我需要感覺已淨過身，我需要感覺潔淨無瑕。」——安東尼致康綏蘿

出發執行任務的聖修伯里，
基地在義大利薩丁島（Sargaigne）
的阿爾熱歐（Alghero）。

Lake George, fin Juin
le jour de ton
annie, mon amour.   anniversaire

Je me suis reveillé a
heure du matin. J'ai couru en pijama
u lac, pour tremper mes pattes, l'eau
est douce. Un soleil amarante arrive
par derriere ma voisine montagne,
Et je songe a Toi mon aimé. Et je
suis heureuse de te penser, de te
rever. Malgre la peur que j'ai de
te savoir le plus vieux pilote du
monde, mon cheri, si tout les hommes
Te resemblait !

Je dois courrir, jusque
au village a une petite eglise
catholique ou on dit la messe
a 7.30 tous les jours, et c'est la
seule messe ici Tres peu de catholi-
ques et tres peu de pretre catholiqu
Je vais aller m'asseoir dans les
banquettes abandonnees de l'eglise
aujourd'hui jour de ton anniversaire

c'est tout c'est que je peu te
donner — Alors, je cours, mon
mari, je dois m'habiller, j'ai
une demi heure de marche a
pied, jusque a l'eglise.

A bientot. si je ne
vous vais plus dans cet planette
sachez que vous me trouverez
pres du Bon Dieu vous
attendent, pour de bon !

Vous est dans moi
comme la respiration est
sur la terre. Je vous aime
vous mon tresor, vous mon
monde.

votre femme.

Consuelo.

29 Juin 1944.

「我整夜沒睡⋯⋯我
沒有聽到任何聲響，
但是透過河水，
我每分每秒都感覺到
你的存在，
因為你沒有在水中，
而是在我心裡，
在我五臟六腑的
最深處。」
——康綏蘿

裳綏蘿在安東尼生日當天寫給他的信（膽本見本書附錄，第173頁）。

潛水艇，「我整夜沒睡……我沒有聽到任何聲響，但是透過河水，我每分每秒都感覺到你的存在，因爲你沒有在水中，而是在我心裡，在我五臟六腑的最深處。東尼歐，你知道嗎，你說的沒錯，我也是你的母親。」

戰爭在他的體內流竄，就像一封戰帖，首先是向死亡挑戰，但也是向一個預告殘忍與未知的世界挑戰，在這裡人類所做的一切努力就要煙消雲散，村落、教堂、泉水、麵包、田園。很奇怪，當他們彼此離得愈遙遠，他們就愈親近，他對她說過這樣的話，而事實上，在所有寫給她的信件中，最美的就是出自這個時期，歌頌激情和熾熱的愛，害怕再也見不到她，然而他是以對宗教的狂熱來面對此次的冒險，就好比耶穌受難，和夏爾·貝奇（Charles péguy，1873-1914，譯註：著名法國詩人和小品文作家）如出一轍，從一九一四年九月開始，他就準備離開到前線去……

一九四三年六月二十五日，他晉升爲指揮官，帶著相機開始在突尼西亞展開偵測的任務，他飛越阿赫斯，一年之後，此地被德軍摧毀，他在依海而建的城堡四周打轉，腦中想起他的母親，「我親愛的母親，我年邁的母親，我溫暖的家，在您的壁爐炭火裡……您明智地打理生活的一切。」他請人轉交這封信，一直到一九四四年的一月才收到，由一位反抗運動之士代爲保管，他因此又找回過去時光的那份衝勁，也就是在郵政航空公司的年代，當時飛行員是聯繫人與人之間的橋樑，很有成就地辨識法國某地有燈火的村落。從此以後，他要爲這個法國而奮戰：一個忠誠、循序的法國，一個他童年時期的法國，一個有鄉村田野的法國，一個應該知道保存基督教傳統和自己文化的法國。但是他必須認清事實，他對某個將軍透露：「人類拒絕在宗教生活裡振作起來。」從此以後，對他而言，身爲作家，首先就是「要賦予人類一個精神層面的意義，讓他們感受到某種類似聖歌的東西……」。一登上機艙，他就吶喊要解救所有心愛的人，首先是康綏蘿，「經過上帝見證的妻子」，還有他的家人，童年記憶中的人物，他的母親、他的姊妹和寶娜，以及蒂羅爾的那位護士……

「我將冒著子彈從頭頂飛過的危險，
爲了捍衛亞蓋的和平、保護一切我所鍾愛的事物，正直、單純、忠誠、感人的工作，
而不是玩弄事實，
在流亡期間撒謊、背棄所有人情義理……」
——安東尼致康綏蘿的信

「唉！東尼歐，我心愛的人，身爲戰士的妻子是了不起的。」
——康綏蘿

聖修伯里在P38閃電型飛機旁。

安東尼‧聖修伯里致康綏蘿的信。
「親愛的，我得再跟妳談談這些對別人懷恨在心的人，寶貝，我不再相信這些人，親愛的寶貝，我再也受不了，再也受不了，金羽毛寶貝，在這一切的是是非非中，請當我的泉水和花園，親愛的寶貝，我必須要懂得珍惜某樣東西，否則我會覺得飄渺，飄渺，這麼的飄渺，以至於就要消失無蹤。」

我四十二歲…

「妳看到了嗎，康綏蘿，我四十二歲了，經歷過一大串的事故，甚至無法再從降落傘跳下，有三分之二的日子肝腫大，有二分之一的日子會暈船，瓜地馬拉的事故後，有一邊的耳朵日夜都聽到嗡嗡聲，肉體上的不適，讓我煩惱無比，失眠的夜晚耗盡體力來工作，然而還是免不了焦慮，這讓任務很難達成，比移山還難，我覺得好累好累！然而我還是出發。儘管我有充分的理由留下來，儘管我手下有十個人要退役，儘管我已經嚴酷地掙扎過，我出發了，在上空我有必要的戰鬥要執行，為了戰爭，我要出發，我無法忍受不和那些飢寒交迫的人並肩作戰。我只知道一種能和自己意識和平相處的方法，那就是盡可能地受苦，盡所能地去追求一切的苦難，這才是真正的我。一個舉起二公斤重的包裹、從床上爬起、拾起地上的手帕都覺得疼痛的人，我不是為犧牲才離開的，我是為了受苦離開的，如此一來就能和真正的我相契合，我並不希望陣亡，但是我心甘情願接受就此長眠。」

——安東尼致康綏蘿的信

安東尼‧聖修伯里最後的照片,由強‧菲力普(John Phillips)所拍攝,此人是美國《生活》(life)雜誌的知名記者。他們相識於一九三九年,在聖修伯里重返軍隊後,在地中海的戰場,兩個人再度相遇。

出發執行任務。

「我需要妳，就好比需要夏天，我需要妳，這份從來就不想凋謝的愛，真的很神奇，就這樣我學會了信任妳，我也知道可以依偎在妳身旁，妳寫給我的信，我一看再看，這是我唯一的樂趣，唯一的，特別在這些暗淡的日子裡，真的是唯一的樂趣，我愛妳，康綏蘿。」
——安東尼致康綏蘿的信

來自康綏蘿的信。
「從一開始寫信給你，
我就心驚膽顫，
怎麼做才能讓你
收到這些信呢？
我交給文斯李十二封，
希望上帝能將它們
交到你手上，
帶著我所有的祈禱和親吻
——你的薔薇」

214 NEWYORK 350/6 113 5 SH = VEAST

VOS TELEGRAMMES MONTSORTIE LIT OU JETAIS DEPUIS
UN MOIS TU ES MA SEULE MUSIQUE DEUX MOIS SANS
LETTRES DE TOI TES SILENCES ME PERDENT MON UNIQUE
HORIZON CEST NOTRE AMOUR ET TON TRAVAIL TE
SUPPLIE COMMENCER TON GRAND ROMAN AMIS ET EDITEUR
LATTENDENT COMME JATTENDS TON RETOURS PLEURE
TELLEMENT TON ABSENCE PEUTETRE MES YEUX NE
DECHIFFRERONT PAS TA PETITE ECRITURE MAIS
JECOUTERAI LADMIRATION ET LES LOUANGES DES AMIS
QUI TATTENDENT FIDELEMENT MON SEUL CADEAU DE
NOEL A ETE TES TELEGRAMMES MA FETE A COMMENCE
TE PREPARANT DOUCEMENT TON LIT PUISQUE DIEU
VEUT BIEN QUE TU ARRIVES BIENTOT TEMBRASSE BIEN
FORT = CONSUELO SAINTEXUPERY =

701. — Imp. Générale.

康綏蘿致安東尼的電報。

你的電報，讓臥病在床一個月的我從床上起身，你是我唯一的音樂，兩個月來沒有收到你任何信件，杳無音訊讓我不知所措，我唯一的地平線是我們的愛和你的創作，請開始你偉大的著作，朋友和出版商都在拭目以待，就好比我在等待你歸來。你不在的日子，我流了這麼多的淚，也許我的雙眼將無法再辨識你小小的字跡，但是我會聆聽所有耐心，等待你歸來的朋友對你的崇拜和讚美，我聖誕節唯一的禮物就是你的電報，我的快樂就是開始溫柔地替你鋪床，因為上天要你早點歸來，深深地擁吻你。

——康綏蘿·聖修伯里

一九四三年十月，戴高樂在阿爾及利亞發表演說，內容提及所有法國的知識分子和作家，感謝他們的支持，但是並沒有提到聖修伯里，安德烈‧莫華和聖強‧柏斯一樣也沒在名單中。他充滿怨恨，對此覺得無比辛酸，因此渴望成為令人敬畏的烈士。他依然寫信給蘭莉，但不是情書，而比較像是冗長的告解，信中他赤裸裸地表達自己，描述他的失望。當他不在前線的時候，自覺是沒有身分的，「沒有戶口證明」、「失業的人」、「悲慘的人」……康綏蘿的電報重新點燃他對她的熱情，而且一直以來都這麼強烈，然而和以前的特質不再一樣，因為這份愛變得攸關生死，他隨時都有生命的危險。她寫給他的信：「你是我唯一的音樂，兩個月來沒有收到你任何信件／杳無音訊讓我不知所措，我唯一的地平線是我們的愛／請你開始你偉大的著作／……就好比我在等待你歸來／你不在的日子，我流了這麼多的淚，也許我的雙眼將無法再辨識你小小的字跡，但是我會聆聽所有耐心等待你歸來的朋友對你的崇拜和讚美／我聖誕節唯一的禮物就是你的電報／我的快樂就是開始溫柔地替你鋪床，因為上天要你早點歸來／深深地擁吻你／康綏蘿‧聖修伯里」。

他聽從她的話，於一九四三年年尾，開始利用空閒的時間寫《要塞》一書，他是唯一知道真相的人，康綏蘿命令他寫作是出於誠心與愛意，他的家人總是因為她對他施加壓力而感到痛心，總認為她是想從中獲得好處。儘管妻子一切的努力和愛的言語，消沈還是對他虎視眈眈，聖誕節給她的電報：「思念不在我身邊的妳，讓我蒼老了百歲，從沒像現在這樣如此愛妳。」如幻影般，他看到地平線上出現一塊沒有人煙的土地，一個喪失理智的組織，正祕密緩慢地進行破壞的活動……

一九四四年年初，終於收到命令要他和已移師薩丁島阿爾熱歐的第三十三聯隊第二大隊會合，他正式有權執行五種任務，他將執行十個，而機械上的問題愈來愈多，一下子是左邊引擎起火，一下子是引擎故障，他務必返回巴斯蒂亞（Bastia）的高山基地。時間已進入六月，所有拍攝的任務讓他激昂，他的行事態度總是比較神祕、比較宗教，帶著泰然的心，慢慢地向死亡邁進。

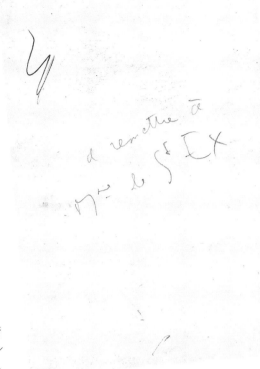

強‧菲力普在某張照片背面的題詞。

「我已經整理好你的辦公室，漂亮的扶手椅，上了臘的書桌，在你離開前，匆忙書寫的大量紙張，放心吧，我費很大心力把它們整理在兩個有漂亮鎖頭的箱子裡，我很驕傲能把家裡整理得井然有序。」
——康綏蘿

安東尼·聖修伯里寫給康綏蘿的信。

「我親愛的老婆，我想告訴妳，在北方港的日子，我是多麼的幸福，如今我才泰然明白，那裡也許是我一生中最後的天堂，我親愛的老婆，妳替我點燃了巨大火把，讓我的內心可以得到喘息，沒有辛酸，沒有悔恨，沒有遺憾。」

　　以一種純巴斯卡式的語調，他說人們只會「往自己在意的方向去」。現階段的他大量閱讀巴斯卡的《沈思錄》（*Pensee*），而這種思想讓他朝犧牲的方向而去，在飛行的時候，他聲稱「要把世人的罪扛在肩上」。儘管不曾好好了解過聖經的語錄，同樣地，他一個人在駕駛艙時，他聲稱要把戰爭的苦扛在身上。

　　蘭莉已經離開前往倫敦，爲了讓康綏蘿安心，他讓她知道這件事，同時告訴她只有「妳和我」。

　　事實上，他們兩人從一九三〇年開始的婚外情，幾乎令人不解，他的家庭、他的文字否認或是不在意的愛情故事，此刻卻與他密不可分。他繼續不斷地寄信給他的母親，提及爲愛情所苦，雖然比平常的內容要短一些，但卻是信的重點，他哀嘆：「何時才能對自己所喜歡的人說我愛你呢？」儘管已經分手，他還是大量寫信給蘭莉，信中有撩人的語詞，有某種回顧的味道：「事實……是在空中散步，是教小孩子閱讀。」他一再寫信給蘭莉，給她的信永遠不會停止，對她吐露自己的不安，然而對蘭莉來說，那些陪他搭乘自己送他的飛機的時光已經結束了！「他騰雲駕霧，在儀表板面前，他自得其樂，領你飛上雲端、湖面，他說：『我將讓你看一個大教堂』，爲了穿過雲層，他看著儀表，倚靠在操作桿上，然後給你一個幾百公尺的垂直之旅。」

「我們經歷過艱難的時光，當時風暴已在我內心吹起，爲了安撫我，你把天使般的雙手放在我額頭上，用你那帶有愛、帶有犧牲、帶有溫柔、帶有忠貞的魔力語詞對我說話，於是一切又重頭開始。」
　　　　——康綏蘿

安東尼・聖修伯里寫給康綏蘿的信。

小親親康綏蘿

我的小寶貝，我的薔薇，我有點瘋狂的妻子，親愛的，妳過得如何？我好想妳，我真的好想妳，好像清涼的泉水沁人心底，可是，老天知道，妳是多麼的令人難以忍受、多麼的激烈、多麼的不講理，儘管如此，還是有為人妻的那一絲靜謐的光芒，一份如此體貼的溫柔，小親親康綏蘿，妳是我一生一世的妻子，直到我生命的盡頭。

「親愛的康綏蘿，
小親親康綏蘿⋯⋯我的小寶
貝，我多麼地愛妳。」
——安東尼致康綏蘿

Prière que doit dire Consuelo chaque soir

Seigneur ce n'est pas la peine de vous fatiguer
beaucoup. Faites moi simplement comme je suis. J'ai
l'air vaniteux dans les petites choses mais dans les
grandes choses je suis humble. J'ai l'air égoïste dans les
petites choses mais dans les grandes choses je suis
capable de tout donner, même ma vie. J'ai l'air
impure souvent dans les petites choses, mais je ne
suis heureuse que dans la pureté.

Seigneur faites moi semblable, toujours, à celle que
mon mari sait lire en moi.

Seigneur, Seigneur sauvez mon mari parcequ'il
m'aime véritablement et que sans lui je serais
trop orpheline, mais faites, Seigneur, qu'il
meure le premier de nous deux parcequ'il a l'air
comme ça bien solide, mais qu'il s'angoisse trop
quand il ne m'entend plus faire du bruit dans
la maison. Seigneur épargnez lui d'abord
l'angoisse. Faites que je fasse toujours du
bruit dans sa maison, même si je dois, de temps
en temps, casser quelquechose.

Aidez moi a être fidèle et à ne pas voir ceux
qu'il méprise et qui le détestent. Ce lui
porte malheur parcequ'il a fait sa vie en
moi.

Protégez, Seigneur, notre maison.
                                    votre Consuelo.
                                    Amen.

康綏蘿的祈禱文，由安東尼・聖修伯里親筆抄寫，
於一九四四年一月寄給她。

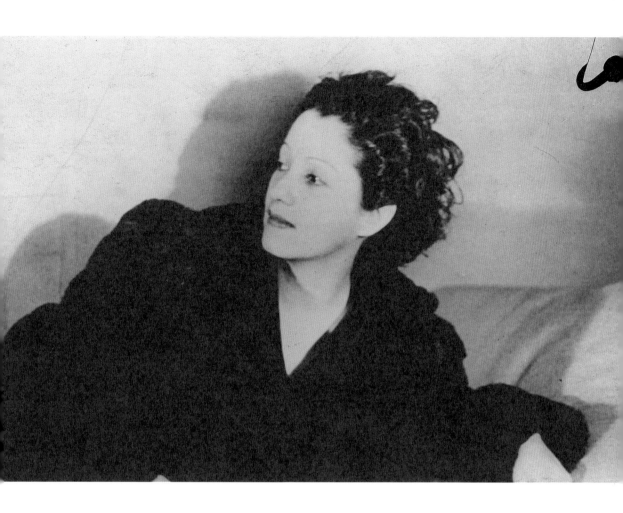

康綏蘿每晚必讀的祈禱文

上帝，不需要讓您這麼勞累，只要幫我讓我做自己。在微不足道的小事裡，我似乎是愛慕虛榮的，但是在關鍵的大事裡，我是兼卑的；在微不足道的小事裡，我似乎是自戀的，但是在關鍵的大事裡，我可以奉獻全部，甚至是我的性命；在微不足道的小事裡，我似乎經常是不聖潔的，但是只有在聖潔裡，我才會覺得幸福。上帝，讓我永遠成為我丈夫懂得解讀的那個我，上帝啊！上帝！請救救我的丈夫，因為他真的很愛我，因為沒有他，我將會是孤苦伶仃，但是請讓他先我離開人世，上帝，因為他看起來好像很堅強，但是他會焦慮不安，如果在這房子裡，再也聽不到我發出聲響，上帝，首先請讓他遠離焦慮不安，讓我在這個家一直製造聲響，即使是睡覺的時候，我偶爾也會打破東西，請幫助我保持忠貞，不要去看那些他所不屑的人，或是討厭他的人一眼，這會替他帶來不幸，因為他在我身上繁衍他的生命，上帝，請保佑我們的家，您的康綏蘿，阿門！

141

聖修伯里正在
操作他的P 38閃電
飛機。

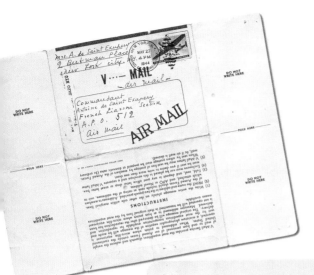

「請銘記在心：當你弄丟在你
十號箱子裡的十二隻筆時，
你還會有一隻，我用鏈子把它綁在
你水藍色軍服的襯裡，
同樣在這個口袋，
你還可以找到你的榮譽勳章，
因為我知道那些放在盒子裡的，
你絕對找不到。」
——康綏蘿

■康綏蘿給安東尼的信。

我的巴布亞，
自從你離開阿爾及利亞，我就對你一無所知。戰爭讓你忙得不可開交，就像所有人一樣，你不覺得需要透過信件來安慰我、寶貝我，我生病了，你杳無音訊讓我焦慮不安，我覺得我的痛苦就要永遠地結束了。東尼歐，跟我講講話，你在我們之間所拉開的距離、深淵令人生畏，親愛的，請給我你的自言，因為我就要死去。我頭腦不靈光，幫幫我，救救我吧，寫信給我，不再寫信給我？親愛的，獻給你的擁抱，我是痛苦的，不知何去何從，請盡快給我的懷抱，讓我能靜下心來，讓我成為你的一小部分。

——康綏蘿

2 Beekman Place. New York city. N.Y.
[remarque cheri que j'ai changé
[d'addresse.

Mon Tonnio, mon cheri.

je suis dans ton petit
salon de Bevin house, "Le Petit Prince" est là
sur la table ou il es né. Je suis seule
avec Anibal, et ma vielle nurse Antoinette.
je la garde, parceque elle a pleuré avec moi
ton depart. Chaque mois je pense à la
renvoyer, pour faire des economies. mais
elle est encore là. Je ne saurai jamais
avoir de l'argent a la banque — je ne suis
pas fiere de te dire ça. Je tiens si peu
au choses de la terre, a la terre meme!
si ne serais pas toi, je ne saurais plus
faire le prochain pas. mon aimé,
quand reviens tu? Je sais mal
t'ecrire, j'enleve mes lunettes a chaque
phrase, a cause des larmes, mais
ici, dans ton bureau, l'année dernier
je te tiens plus pres de moi, tout
est pareil dans la maison, Le
petite arbre a boules rouges sur la
cheminée, La grand esphere dan

grand
le balon. Et Anibal plus grand, plus
sage, donc. je me console comme je
peu, je prie souvent pour nous deux
Toi chéri, demande a tes étoiles amies
de nous protéger, de nous réunir.

Tu m'a appris mil bonne
choses, il faut etre aussi un peu
solide, dur avec moi, dans moi,
je crois parfois perdre raison,
tu sais bien, pourquoi ? C'est de
te savoir en constant danger. Dans
le train parfois je sanglote comme
une jeune fille qui vient de quitter
son fiancé soldat qui part pour la
guerre - Rougemont m'aide de son
mieux, il vient comme d'habitude
son jour de repos. il m'a donné 100
dollars pour payer le loyer d'ici —
mais sans téléphone, taxis très chers,
les invités trouve la maison trop loin
le premier moi j'étais heureuse de
cela, mais Rouchaud m'a conseillé
de partir ailleurs, de m'entourer un
peu de jeunesse. Par moments je

　　對康綏蘿而言，「哦！康綏蘿」這句話的語調是有所差別的：在他長篇大論醞釀著計畫和熾熱的宣言之後，接著這句咒語就會出現。在信裡，他不停地表達對她的愛意，他不想讓同事知道他的悲觀和他的痛苦，他放任自己當個娛樂大家、讓人愁眉舒展的小丑，就像在土魯斯、在汝比角、在布宜諾斯艾利斯，他一直都是這樣，表演魔術、紙牌戲法、甚至替人算命……無視身體的疼痛（他覺得自己得了胃癌，但是事實上疼痛是由於脊椎受傷所引起的），他想要在團體中轉移別人的注意、證明自己的存在。是他提振年輕人的道德心，是他的說話藝術讓他們著迷，是他說笑話逗他們開心……晚上的時間，他獨自一人，試著解決數學問題、

「這個轄區，綿延一萬公里，這個不尋常的轄區，我們在這裡受到二十五次不一樣故障的威脅，其中一次是吸入器的問題，它會將你置於死地，還有一次是暖氣的問題，它會將你全身凍僵。」——安東尼

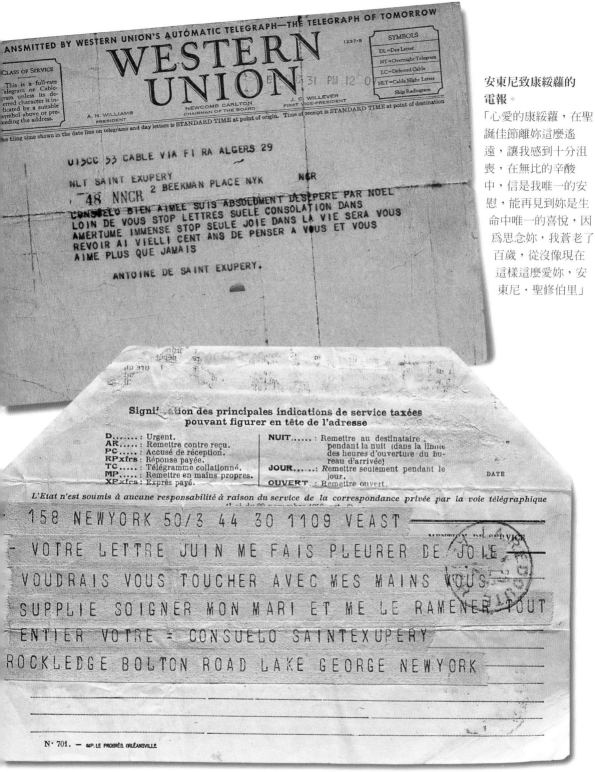

安東尼致康綏蘿的
電報。
「心愛的康綏蘿，在聖
誕佳節離妳這麼遙
遠，讓我感到十分沮
喪，在無比的辛酸
中，信是我唯一的安
慰，能再見到妳是生
命中唯一的喜悅，因
為思念妳，我蒼老了
百歲，從沒像現在
這樣這麼愛妳，安
東尼・聖修伯里」

康綏蘿致安東尼的電報。
「你六月的來信，讓我喜極而泣，我想用雙手撫摸你，我請求你好好照顧我的丈夫，把他完整地帶還給我，你的
康綏蘿・聖修伯里。」

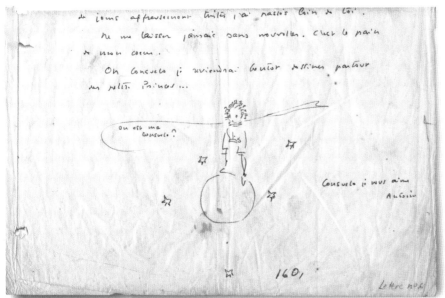

安東尼・聖修伯里致康綏蘿的信。

「沒有你在身邊的日子是何其悲傷，絕對不要一點音訊都不給我，這是我心靈的糧食，哦！康綏蘿，我很快就會回來在四處畫滿小王子⋯⋯康綏蘿，愛妳的安東尼。」

做筆記，但是也會陷入失望的哀嘆當中，他不想因爲這些問題讓康綏蘿難受，於是他回過頭向蘭莉傾訴他的痛，他知道她比較堅強，也很確定她比「小薔薇」更有魄力。他向她吐露最眞實的現況，向她承認：「我受不了了！」

七月三十到三十一日的夜裡，他幾乎都沒睡，他去位在密歐蒙（Miomo）的莎伯雷特（Sablettes）餐廳用餐。有一段時間，他耍些紙牌花招取悅所有的客人，然後留連在巴斯蒂亞的軍人酒吧，一大清早就到伯歌（Borgo）出勤，他和副長官布荷歐中尉一起用早餐，他是最後一個和他用餐的人，而葛芙薇，是最後一個和他交談的人，根據這位年輕軍官的說詞，他精神很好，也很高興要出勤。

然而他全身上下都在疼痛，他對自己說「累垮了」，但還是鑽進駕駛艙，也鑽進了棺木中。白天天氣非常晴朗，沒有任何氣候上的顧慮，不管怎樣，他有其他的顧慮。八點四十五分，他信心滿滿地離開，十點三十分，地面雷達失去他的訊號，下午一點，他還未歸來，二點三十分，宣告失蹤，指揮官安東尼・聖修伯里「認定失蹤」。

「我要盡最大的可能
投入戰爭，我確定是
這個世上年紀最長的
戰鬥飛行員⋯⋯。
如果被擊落，我一點也
不後悔，未來要祕密進
行的任務讓我感到
惶恐。」──安東尼

東尼歐，

一九四四年二月二十二日，

東尼歐，我的飛魚，我
獨一無二的蝴蝶，我
的愛，我的魔術盒！
你的最後一封信，我已經牢
記在心，爲了緩和漫長白畫

的等待和不安，我還需要你
再給我其他的信。
　儘管我努力工作，在作畫的
同時，要求自己要心無旁
騖，又有什麼用呢，這幅畫
又是爲誰而畫，甚至還畫得
不好，我找到和焦慮玩捉迷

藏的方法。
　我和正在眼前的這幅肖像說
話，它有一平方公尺大，你
的眼睛像是深邃的湖泊，你
的嘴巴容得下我的手，然而
和畫中的相比，實際上你的
嘴巴是這麼的小。

我想起你的笑容，而我相信就是你微笑的魔力，讓我成為你一生的妻子。沒有人懂得像你一樣地微笑，我知道這不同於一般的微笑，你很清楚我想說的是什麼，對我來說，這是一份恩典，一種感謝這塊土地上所有美麗事物的方式，就好比是樹上的果子。你的笑芬芳我的心，如果我是一位魔術師，我會永遠帶著它，讓你小嘴巴上的律動成為永恆。已經一個月，我沒有收到你任何的消息，甚至更久，我記得在一月的第一個禮拜，收到那封漫漫長信的大禮物，裡頭盡是對康綏蘿的思念，盡是康綏蘿的肖像，為康綏蘿的祈禱，對康綏蘿的愛。

但是我必須日日夜夜、每分每秒用雙手抱住我的頭，才能說服自己你還好好地活在某個角落，有一天，你會回來用雙手撫摸我，為了撫平我的皺紋和恐懼，也許能治癒我的瘋癲。你很清楚我將會用一生的時間來等你，即使老到記不得事情，

我還是你的智囊團，我的丈夫，我會乖乖地照顧自己、勸自己，我寧願相信我們後半輩子會安穩的過日子、會幸福，但是你杳無音訊，我的身體因懷疑而顫抖，我臉色蒼白、身體發燙，無法再作畫，對任何事都不感興趣，我完全換了個人。

康綏蘿

有收到我的照片嗎？也寄一張你的給我。

le 22 fevrier 1944

Tonnio, mon poison volant, mon papillon unique, mon amour, ma boite magique.

Votre dernière lettre, je l'ai déjà apprise par coeur. Il me faudrait bien une autre pour adoucir mes longues journées d'attente, d'inquiétude.

Malgré mes efforts de travail, je suis en train de faire, à quoi bon, pour qui cette peinture, que peut-être n'est même pas belle. J'ai trouvé un moyen de tricher mes angoisses.

Je parle avec votre portrait qui est en face de moi. Il a un mètre carré. Vos yeux sont des lacs profonds, je peux rentrer ma main dans votre bouche, pourtant elle est si petite en comparaison avec celle du tableau.

Je me rappelle ton sourire, et je crois que c'est bien l'enchantement de ton rire qui m'a fait ton épouse pour la vie. Personne ne sait rire comme toi. Je sais que ce n'est pas un rire comme les autres rires, tu sais bien ce que je veux dire. Pour moi c'est une grâce, c'est une façon de dire merci aux jolies choses de cette terre. C'est comme le fruit mûr de l'arbre. Ton sourire embaume mon coeur et si j'étais un mage je te mettrais toujours en état de grâce pour que ce rythme de ta petite bouche soit éternel.

Depuis un mois, je n'ai point reçu de tes nouvelles, et un peu plus même. Je me rappelle que c'était la première semaine de Janvier que j'ai reçu le grand cadeau de ta longue lettre où sont les pensées pour Consuelo, les portraits de Consuelo, la prière pour Consuelo, l'amour pour Consuelo.

Mais je dois me prendre la tête à deux mains, les nuits, les jours, les heures vides, les heures tumultueuses pour me convaincre que tu existes quelque part réellement et qu'un jour tu viendras près de moi me toucher de tes mains, pour effacer mes rides, mes craintes, peut-être, pour guerir ma folie. Sache bien que je passerai ma vie à t'attendre, même quand je n'aurai plus de mémoire.

Je suis bien tes conseils, mon Mari. Je me soigne, je me conseille sagement, je veux croire à notre paix, à notre bonheur pour le reste de nos jours. Mais quand je suis sans nouvelles de toi, mon squelette tremble de doute et je deviens pâle, fébrile, je ne peux plus peindre, rien ne m'intéresse sur la terre. Je suis toute neuve, Consuelo. A tu reçu une photo de moi? Envoie moi une de Toi. S.u.

人在紐約的
康綏蘿。

　　據說他應該是在隔天得知同盟國軍隊要登陸的消息，爲了不
讓他繼續冒險：某種程度來看，是保護他的方式（譯註：盟軍特
意告訴聖修伯里要登陸的機密，爲了避免被德軍俘擄時，遭到嚴
刑逼供說出此機密，聖修伯里勢必停止飛行；事實上，此時的聖
修伯里，身體狀況已不容許他再飛行）。

　　人在紐約的康綏蘿依然沒有他的消息，已經超過一個月她沒
有收到他的信，然而還是堅持繼續寫信給他。她並沒有把信寄出，
她打算在他歸來時好好唸給他聽，這些信能讓她安心，她告訴他：
「你很清楚我將會用一生的時間來等你，即使老到記不得事情。」

　　她已經爲他守喪好幾個月。

人在阿爾熱歐
的安東尼・
聖修伯里。

152

「謝謝你這麼簡單地告訴我
這句我永遠也不會忘記的話：
『謝謝妳就像一隻小螃蟹一樣，
這麼固執地珍惜我。』失去你，
我也活不去。」──康綏蘿

沒有聖修伯里的日子

聖修伯里的消失，讓康綏蘿不知所措，因爲她一直相信，他的丈夫是打不倒的，他的丈夫不可能會死，她沮喪地死命捉著他的承諾：「我的小寶貝，我的薔薇，我的花園，我的象牙塔，妳會一直等我，即使有一天，有人對妳說我不見了，這不會是事實。即使我必須消失在沙漠中，消失在撒哈拉沙漠，我還是要吸吮妳眼中的淚水，就像有位詩人說過，爲了能在獄中享用，他會吸吮妻子盈框的淚水，所以，放心吧，我永遠都會回來的。」因此她發狂似地等著他，法國政府保留幾個月的時間不正式宣布他的死訊，她比那段時間更有信心，甚至對他死亡的流言一點也不以爲意：自殺，或是更糟，潛逃。某些居心不良的人宣稱，戰後有人在利比亞或其他地方看見他，康綏蘿比較偏愛他在星空中和小王子相遇，或者是「某個星球的一隻怪獸」，不久他就會捎來消息，「而我會馬上整理行囊去和他相會」……

因爲版權都扣留在伽利瑪出版社，她被迫退掉向葛塔‧柯博承租位於比克曼廣場的公寓，從此以後，她先是住在備有家具出租的套房，然後是一間萊西頓（Lexington）大道上房租更便宜的藝術家小工作室，就在布魯明達（Bloomingdale's）百貨公司附近，她在那裡找到一個櫥窗設計師的工作，她從來就沒有像現在這般全心投入繪畫和雕刻，她塑造半身雕像。流亡美國的這個小團體正準備返回法國，她和這些人少有聯絡，她十足的骨氣感受到背信、放任、懶散、背叛、誹謗是多麼的棒，昔日聖修伯里經常遭受親戴高樂派這樣的批評，她在自己的日記裡這樣寫道：「他們很高興看到你已經離開，這讓他們興奮地大啖在紐約閒置一旁的香檳

美方致聖修伯里的榮譽獎狀。

「康綏蘿，謝謝妳
成爲我的妻子，
如果我受傷了，有人
會照顧我，
如果我身亡了，
有人會永遠等我，
如果我回來了，有人會
讓我朝他而去。」
　　——安東尼

聖修伯里的
飛行手套。

聖修伯里皮夾中的結婚照，
他一直帶在身邊。

和魚子醬，在安全的地方……」一直在他們身旁打轉的諂媚人士都蒸發不見了，康綏蘿幾乎是一個人，然而還是有幾個在她受考驗的時刻支持她的朋友，比如丹尼斯·盧傑夢，很樂意認定自己是聖修伯里遺囑的執行人，還有他們在富田（Richfield）的朋友羅伯特和維多利亞，紐約一間知名藝廊的老板和繪畫收藏家貝塔·巴內許（Pita Benèche），哈佛大學的聖帝亞納（Giorgio de Santillana）教授，但是康綏蘿把自己封閉在自身的孤獨和愛當中。

他空前地成為傳奇故事的主角，她自覺是故事的擁有人。和他非常喜歡的獒犬亞尼巴爾，她過著退隱的生活，讓其散文作品《歐佩德》完美呈現，此書由美國藍燈書屋（Random House）於一九四六出版；她整理聖修伯里所有的文件，漠視一切事實，繼續

「我的生活天翻地覆，現在頭髮斑白，嘴裡含著這麼多的苦，讓我終其一生都會因為要張口飲水而痛苦，東尼歐，我的東尼歐，我的丈夫，我的痛，我的天空，我的地獄，為什麼你要離開不再回來？沒有你的消息，而這個年頭就要結束，我應該接受這個事實，如果我接受了，那是為了能更長久地愛你，如果你回來，我就可以再愛你了！」
——康綏蘿

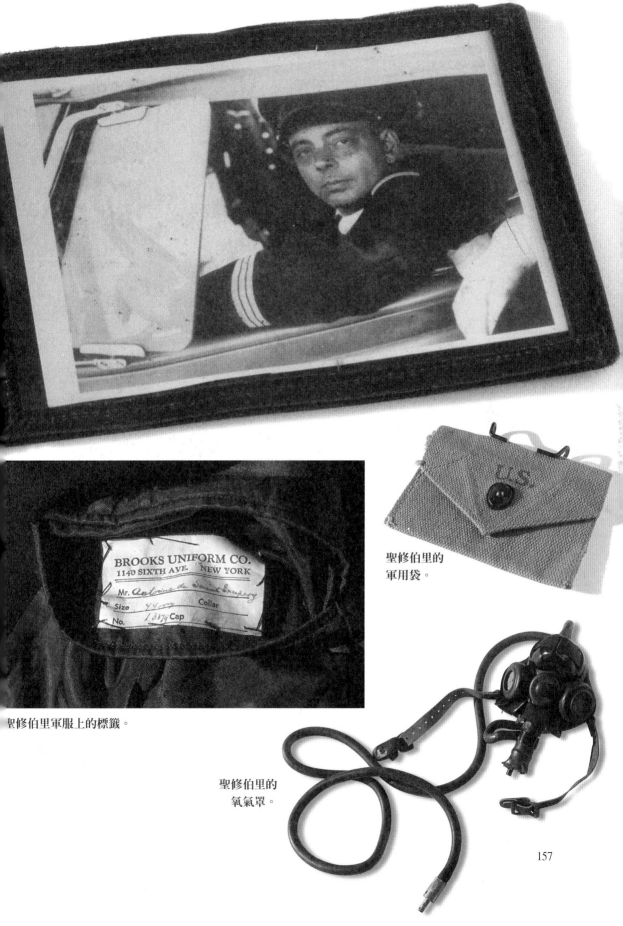

BROOKS UNIFORM CO.
1140 SIXTH AVE. NEW YORK
Mr. Antoine de Saint-Exupéry
Size 44 ⌐⌐ Collar
No. 1874 Cap

聖修伯里軍服上的標籤。

聖修伯里的
軍用袋。

聖修伯里的
氧氣罩。

157

寫信給他。她對基督的信仰已經起作用，因為南美洲的血統而更堅定，正如聖修伯里繼《夜間飛行》之後，那本帶有神學色彩的著作，她回過頭懇求祂把丈夫還給她：「偉大、仁慈的上帝，我向您訴說我的痛、我的苦。我的天父，請幫助我，我沒有人可以愛、可以等待、可以擁抱。我的家變小了，為了能讓天空進來，唯一的窗戶保持敞開，他飛上天空離開了，不再回來，我的天父，請您把他還給我，展現您的神蹟，如果您把我送回他的懷抱，我會替他梳妝打扮、把他洗乾淨、擁抱他，然後再一起投奔您的身旁。」

聖修伯里不可能會回來，變成揮之不去的夢魘，她的日記本裡沒有一頁不在述說這個已經消失的大人物，她寫給他一些杜撰的信件，和他真實地對話、質問他、請教他生活方面的意見，一九四四年十二月，她寫給他的信：「我無法相信你再也回不來了，

「飛行員整裝完畢，粗毛線衫、圍巾、皮製連身工作服、鋪皮草的靴子，慵懶的身軀讓人覺得沈重，有人呼喊：『要走了！……加速前進……』，雙手忙於操作儀表、高度器、地圖夾，在厚重手套下的十指已凍僵，他遲鈍、笨拙地攀升，直到飛行的高度，飛行員就離開他的場域，但是一旦就定位，一切就輕鬆了。」

——安東尼

是因為這樣，我才留在紐約，留在這個沒血沒淚的城市。」她在所有行政部門東奔西跑，寫信到梵諦岡，企圖知道更多有關七月三十一日當天的狀況，她相信「第三世界看不見」的力量，相信神祕愛人之間的祕密語言，經過幾個世紀、跨越幾個大陸，仍然會在那兒彼此訴說。相信星體的影響力，相信神奇的能量，相信可以讓她和安東尼取得聯繫的一切。她也寫一些報導，但不會被公開，她的身體變得有些虛弱，幸而有一位家庭醫師的照料，他好心替她看診：「我不知道將如何繼續生存下去，如果妳的出版商不支助我，我沒有任何權力。」

在聖修伯里死亡的正式公文還未下來之前，康綏蘿無法做任何打算，只能等到她成為丈夫完全的繼承人之後，才有法定的遺孀身分，但是此刻的她，嘗試依賴繪畫苟延殘喘地活著，賣出了幾幅畫作，她的繪畫受到祖國豐富色彩的滋養，以及本身洋溢的

由康綏蘿繪製的布畫，作畫時間接近一九四二年。

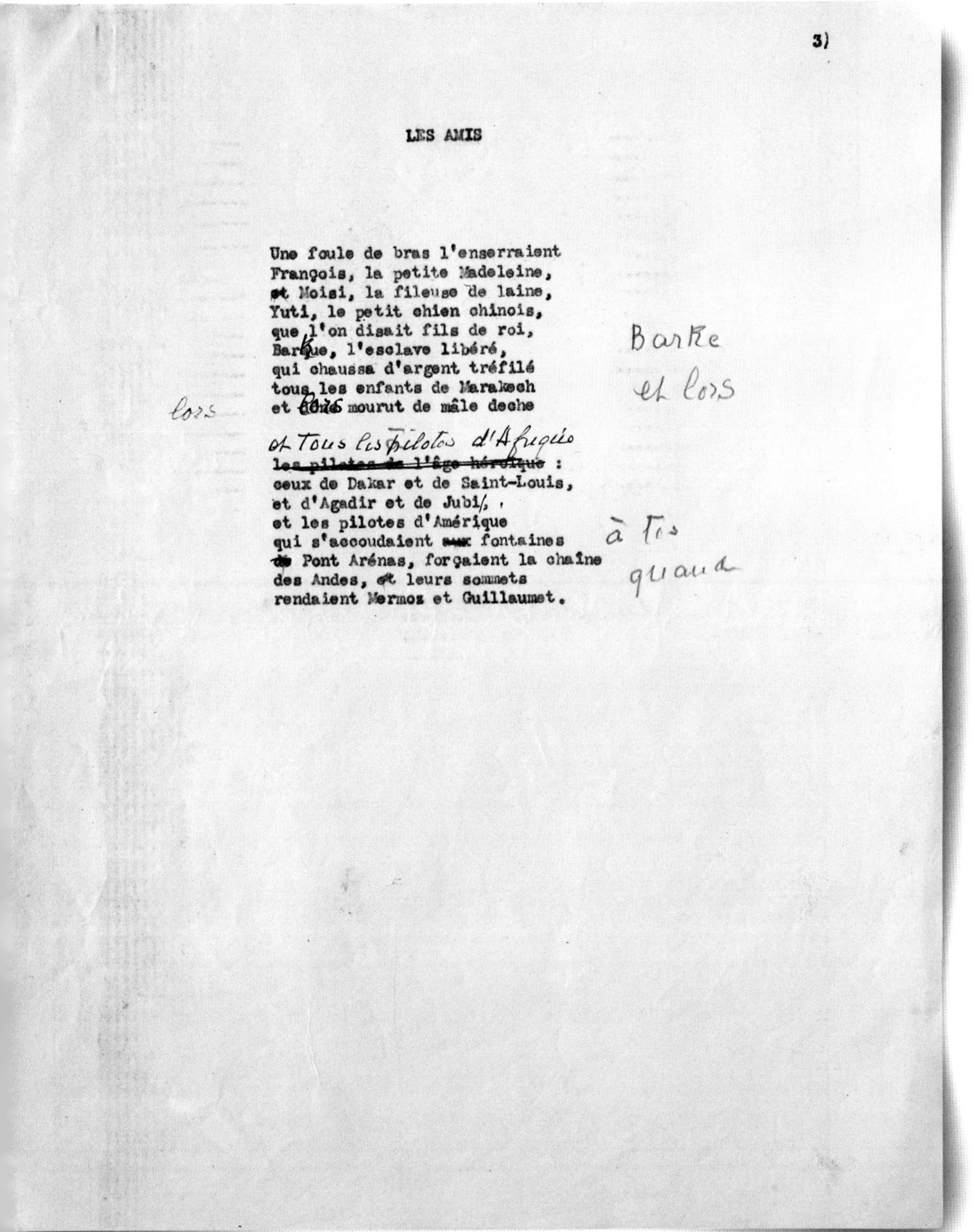

LES AMIS

Une foule de bras l'enserraient
François, la petite Madeleine,
et Moisi, la fileuse de laine,
Yuti, le petit chien chinois,
que l'on disait fils de roi,
Barque, l'esclave libéré,
qui chaussa d'argent tréfilé
tous les enfants de Marakech
et ~~tous~~ mourut de mâle deche

lors

Barke
et lors

et Tous les pilotes d'Afrique
~~les pilotes de l'âge héroïque~~ :
ceux de Dakar et de Saint-Louis,
et d'Agadir et de Jubi,
et les pilotes d'Amérique
qui s'accoudaient aux fontaines
de Pont Arénas, forçaient la chaîne
des Andes, et leurs sommets
rendaient Mermoz et Guillaumet.

à Tes
quand

出自康綏蘿之筆的詩，以此向郵政航空公司所有駕駛員致意。

感情和奇想，達利和畢卡索都鼓勵她作畫，一直建議她隨著火山的靈感大膽揮筆，藉由色彩的力量來盡情創作，她也接受了他們的建議：她的畫作色彩鮮豔，但是也經常帶有一種隱約的愉悅，所有的紅色和綠色都在閃閃發光，而火焰蘊藏其中，蓄勢爆發，她的筆觸詩情畫意，就如同她本人，就如同她深受喜愛的熱情，不禁讓人想起她的祖國薩爾瓦多的熱情。

她對聖修伯里的愛，有了另一個層面的發展：從此，有一種永恆深植在他們之間，時間讓她的創作緩緩進行，不是忘記，而是現實，是認清事實，一切緊隨他們的辛酸、不相容都消失了。為了留一個空間給更寧靜的思緒，他的離去讓他們的關係昇華，康綏蘿只想回憶他們在一起時的幸福時光。經過幾年，他們的故事就會變成神話、變成至上，她極力捍衛聖修伯里的名聲，戰後經常因為某些反抗運動人士和「新浪潮」的知識分子而受到折磨：沙特、阿哈貢（Aragon）、布烈東、波華爾（Beauvoir），這些人為了削弱聖修伯里在文學上的影響不遺餘力，把他和紀歐諾（Giono）、紀厚杜（Giraudoux）、莫華（Maurois）相提並論，列入已成過往的作家行列，然而這些人在戰爭期間都不見蹤影，康綏蘿試著去面對，但是沒有足夠的勢力來反抗。

一九四六年於巴黎，她寫道：「我們的愛是難以形容的，沒有你的日子是孤單的，能輕撫我為你而塑的石膏像，我就心滿意足。」巨大的行李箱擺放在橫渡大西洋返回法國的貨艙裡，她從紐約帶回聖修伯里生活的一切，他自己在流亡時也帶在身邊的一切：兒時的玩意、各類的紀念品、小紙張、信件、衣服、有紀念價值的家庭物品、書、照片、業餘人士的電影、特地買來錄製回憶錄的超棒錄音機、小王子的水彩畫、手寫草稿紙等等。她瀏覽、撫摸、一讀再讀的一切，成為她對聖修伯里的回憶，成為他們故事的見證，是她與他唯一的對話。

在聖修伯里的母親和姊姊西蒙的身邊，大家即將看到她開畫展，高中、大學、美術館、公共建築物裡都有她的展覽，從此以後她都配戴丈夫的姓氏聖修伯里，表現出某種泰然，深信這份無法抹滅、把她和「東尼歐」聯繫在一起的愛，她喜歡這樣稱呼他。在聖修伯里的死訊公布之後，短暫的自殺衝動曾經湧上心頭，現在慢慢地消退。

> 「我沒有人可以愛、可以等待、可以擁抱，我的家變小了，為了能讓天空進來，唯一的窗戶保持敞開，他飛上天空離開了，不再回來。」
> ——康綏蘿

康綏蘿的畫作

New York 4 Septembre

Mon enfant chérie,

        Je ne crois pas un mot de l'histoire attribuée à Valiquette.
Je trouve ta petite lettre brumeuse et cafardeuse , ce matin. Je suis rentré
cette nuit de North Sanbornton , où j'étais allé passer 4 jours à la ferme
de mon ami Fourel. J'étais bien écartelé entre mon désir d'aller passer quel
ques moments avec toi et celui de ne pas faillir à des amis fidèles chez qui
j'avais passé mes vacances chaque année depuis 1941. Rien ne m'attriste au
tant que la muflerie; et , maintenant que je sais que je passerai toutes mes
vacances en France, je n'aurais pour rien au monde laché mes amis pour le
dernier été. Il a fait beau, il a plu, il y a eu un orage d'une étonnante
beauté, et hier il faisait froid. Un vrai froid sous un clair soleil.

        Il fallait que j'aie une lettre de toi aujourd'hui. J'ai pensé au To-
nio et à toi , pendant ces quelques jours, plus que jamais. C'est là-bas ,
l'an dernier, que la nouvelle désastreuse m'avait atteint. Pourtant, au mo-
ment où les journaux l'ont donnée, je n'y ai certes pas crû. Mon espoir a
duré autant que le tien . Vendredi dernier, devant la cheminée où brillait
un grand feu, j'ai parlé de lui, pendant des heures , à mes amis Fourel, qui
sont de ceux qui savent qu'il avait du génie.

        Je verrai Gaston. Je lui dirai ce que je pense et ce que je sais. Je
n'ai jamais forcé la vérité lorsque je t'ai parlé de ce que je savais, pour
l'avoir vu ou entendu de lui, des sentiments de Tonio pour toi. Il disait
"Ma femme" comme un paysan dit "ma terre", avec un ton de possession qui
ne se joue pas. Je l'ai vu terrifié à l'idée qu'il pouvait te perdre,lors-
que tu délirais après que le nègre t'eût aux trois quarts tuée. Et le dernier
message dont il m'ait chargé, c'était d'aller te dire qu'il t'aimait.

        Que Paris et sa racaille mondaine déclare maintenant que tu n'étais rien

s que ce ne devrait te toucher,toi.
ut. Je ne suis pas homme de loi,
tes droits de femme légitime.
ue, on avait escroqué une signature
r te défendre. Je n'ai pas besoin
je dirai ce que je sais, tout ce
nal et n'importe quelle personne.
s accepté la clef que Tonio voulait
us sommes aujourd'hui, de ses soi-
réoccupation le concernant, la dé-
pecter sa pensée pour ce qui est du

aussi ce que je veux qu'il sache.
'est fermer l'oreille qui te reste
le que si j'étais toi, j'interdirais
êtueuse a ceux ses heures brûlantes

        Je pense que je serai encore ici lorsque tu rentreras. J'ai mes permis
français, aller et retour, mais pas encore le reentry permit américain.
        Je t'embrasse, femme de Tonio, de tout mon coeur.

An Rouchau

烈・魯修（André Rouchaud）
妥蘿的信，他是他們夫妻的
，時間是一九四四年九月四日
  見本書附錄，第173頁）。

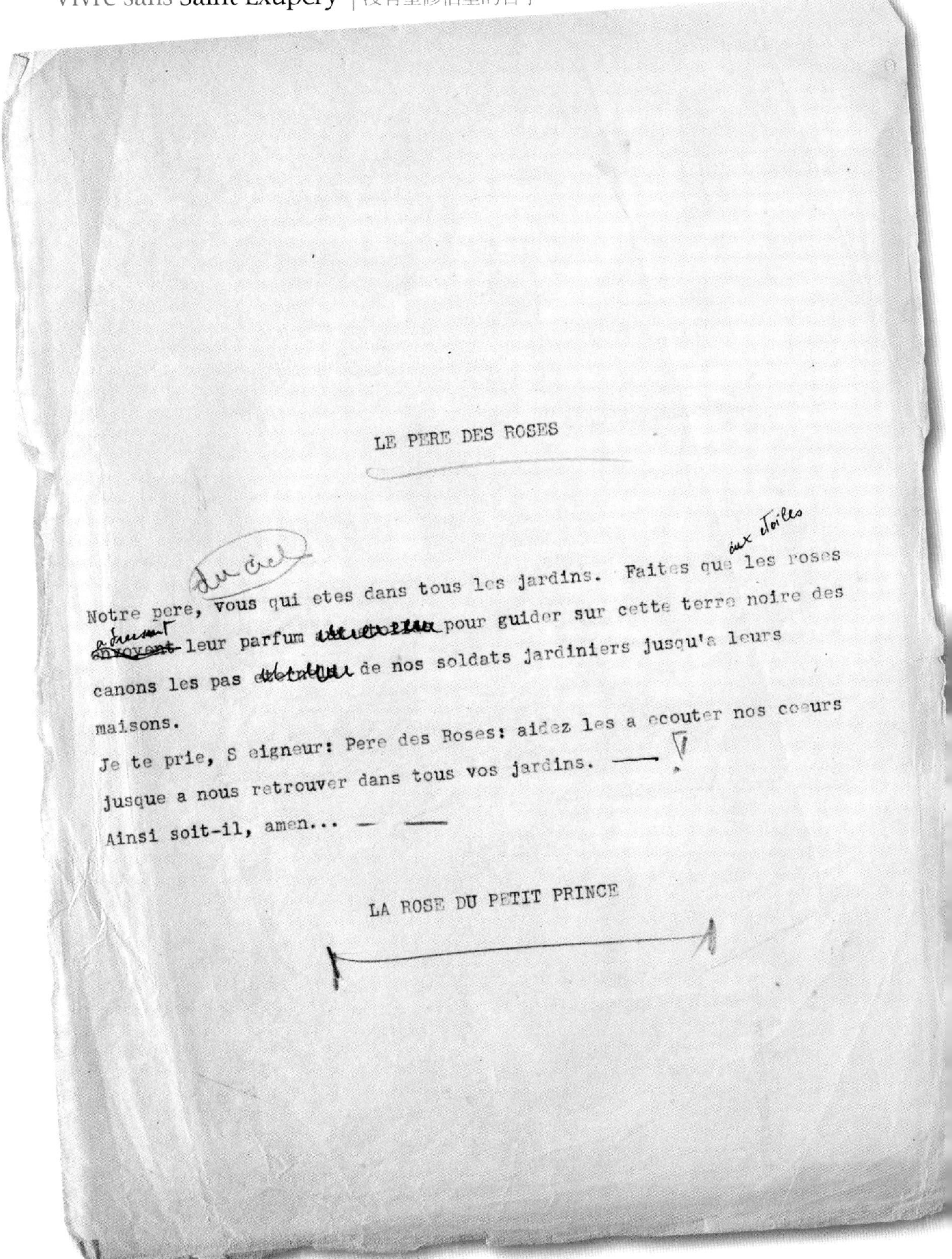

LE PERE DES ROSES

Notre pere, vous qui etes dans tous les jardins. Faites que les roses
leur parfum pour guider sur cette terre noire des
canons les pas de nos soldats jardiniers jusqu'a leurs
maisons.

Je te prie, Seigneur: Pere des Roses: aidez les a ecouter nos coeurs
jusque a nous retrouver dans tous vos jardins.

Ainsi soit-il, amen...

LA ROSE DU PETIT PRINCE

康綏蘿所寫的祈禱文（謄本見本書附錄，第173頁）。

I would like to write myself the complete dialogue between the pilot
and the "Petit Prince", to be able to introduce three new designs
from my husband, Antoine de Saint-Exupery, as well as three new
adventures of the "Petit Prince", I am the only one to know, because
my husband did not include them in the book.

Of course, if you are interested, I shall ask for a new proposition
for these three designs with <u>inedites</u> stories and dialogues.

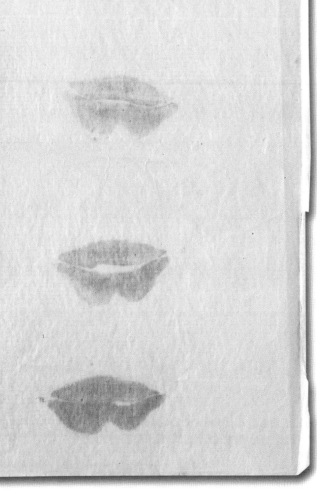

給《小王子》美國出版商的提議信，談到她夢想替《小王子》寫續集，
與她手中未曾收錄的水彩畫一起出版（謄本見本書附錄，第173頁）。

一九四六年於巴黎，她還繼續寫信給聖修伯里，而他不可能看得到，在《週日書信集》（*Lettres du dimanche*）中：「我開始整理一點東西，我可能會決定帶著我的小行李箱離開這塊土地，去到你的棕櫚林……」但是生命是更有韌性的：她努力找回她的精神和氣力。

她斷言她的婆家絕對無法明白，是什麼樣獨特的情感聯繫著她和聖修伯里：是完全的自由，是無法脫離童年的情感，是對單純事物的信念，是對手工藝品、鄉村事物的鍾愛，讓他們合而為一。她經常會覺得自己是受到排斥的受害者，她開門見山對聖修伯里的母親說：「您認為您的兒子會樂意知道，在以他為主題最新出版的四本書裡，大家省略或者隱瞞他已婚、喜歡我、排除萬難、甚至為我的鰥居寫祈禱文的事實嗎？」儘管她據理力爭，已

從紐約帶回的行李箱

內文是康綏蘿為《伊卡爾》雜誌寫的文章，她把頗多未公開的資料交給此雜誌，當作特刊來發行。

「每一次打開這些盒子和檔案，我都禁不住地顫抖，因為裡頭堆滿我丈夫親筆的信、電報和圖畫，滿滿都是清晰難忘的溫柔，以及已成過往的祕密，有著悲情的氣息和最美的往事。這些布滿星星的泛黃紙張，上頭有高貴的花朵和小王子，正是幸福最佳的見證。對於這份已逝去的幸福，每一年，我對它的優美與特別之處的體會就更強烈。安東尼是世界上唯一能讓電報充滿個人抒情磁力的人，在不具名的藍色紙張上的記號和信件，用他的聲音來吐露真情，今天我依然能再次感受到此聲音的愛撫、光彩和轉折，他的聲音就像他的人，曉得把童年時期神祕的魔法和人類偉大的夢想相結合。」
——康綏蘿·聖修伯里

康綏蘿於安東尼·聖修伯里半身像前，這是她一九五〇年代的作品。

安東尼・聖修伯里的衣物和行李箱。

165

經在發展中的遮掩成為事實，而且愈演愈盛，直到她全完被排除。漸漸地，她看到自己的地位在削弱，聖修伯里的第一本傳記，於一九四九年由伽利瑪發行出版，作者名為畢埃爾・雪夫希葉，又名⋯⋯蘭莉，作者只用三行字，表示聖修伯里於一九三一年和康綏蘿・森山結婚⋯⋯

蘭莉還在其他地方表露，康綏蘿是聖修伯里的「猛禽」，以一種即使不是誹謗至少也是貶抑的字眼，來增加敵對的強度，她的人格繼續四處被污蔑，她被描述成水性楊花、膚淺的女人，是聖修伯里事業和文學創作的絆腳石，有人宣稱她是聖修伯里永遠的重擔和煩惱。自從聖修伯里失蹤後，傳說繼續甚囂塵上，《小王子》的作者已經成為天使、昇華了。而在所有的傳記裡，幾乎沒有康綏蘿的存在，如果有，也是三言兩語帶過，只是為了揭露在作家的一生和作品中她無足輕重和易變的角色，很難稱得上是原動力，因此很少有讀者想像得到他有一個能激發靈感的妻子，是他「才情的女兒」，是他絕對的愛，是他「上帝見證過的妻子」。

從一九六○年代一直到她過世，她總是活在聖修伯里的餘波當中，她在一九六七年蒙特婁的萬國博覽會展出聖修伯里作品，獻給他並命名為《風、沙、星辰》。她經常在世界各地旅行，最偏愛巴黎和蔚藍海岸，這是在認識安東尼之前，和前夫戈梅茲・卡希羅一起發現的。她在格拉斯的高地買了一間農舍，她愈來愈喜歡隱居在這裡作畫和雕塑，她的靈感來自對聖修伯里的回憶，以及她富詩意、多采多姿的想像力，她展出其作品，而且得到很高的評價。她喜歡自己畫小王子，他和她相似，就像那些在《小王子》一書出版前她所畫的一樣，而這些也許正是聖修伯里創作的靈感。

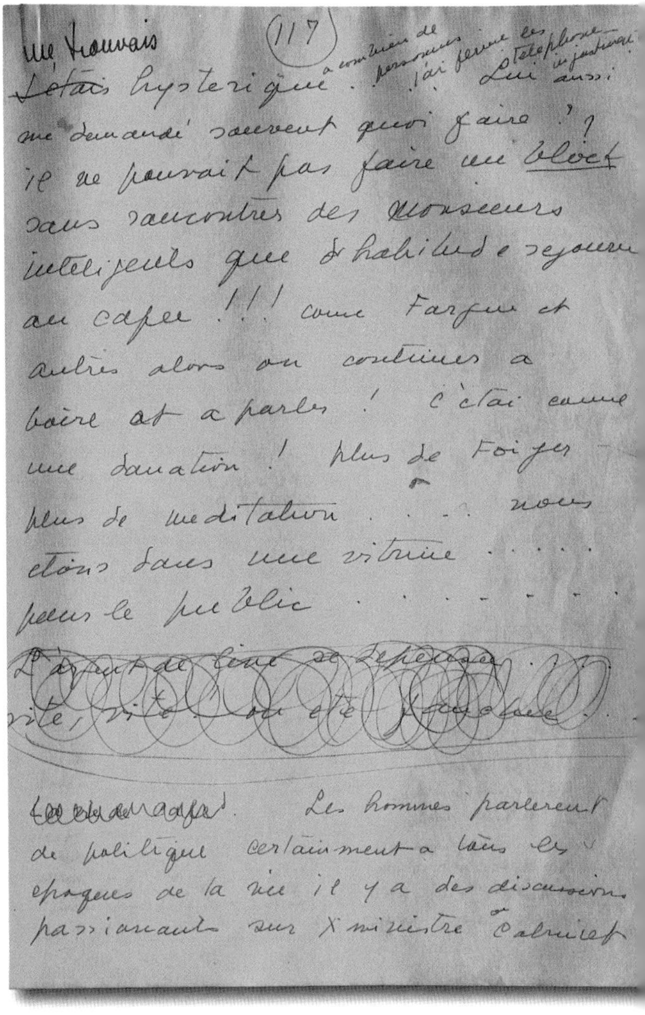

> 「我開始工作，
> 口述一點點東西，
> 但是並不容易，
> 斟酌再斟酌，
> 也許日後能成書。」
>
> ——康綏蘿

《小王子的玫瑰》草稿紙。

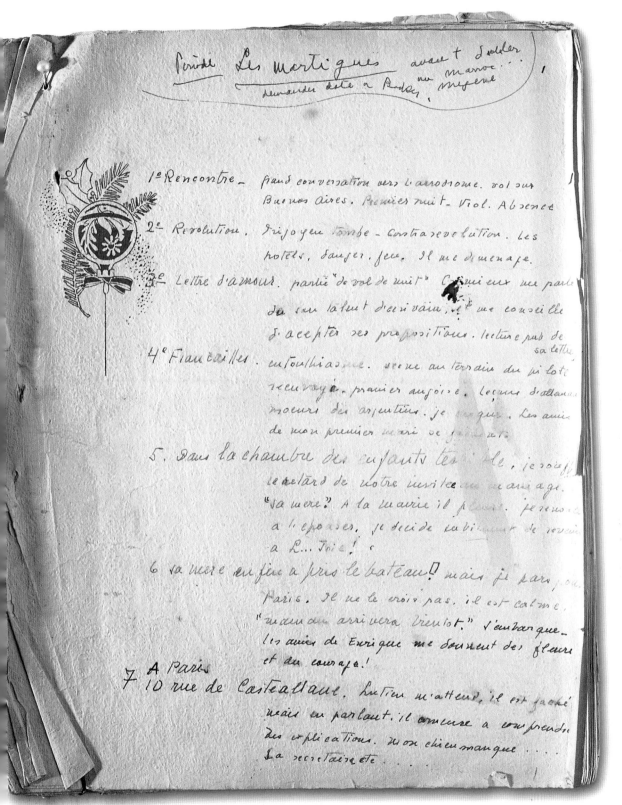

Période Les Martigues avant d'aller au maroc...
demander date à Rodez, Megève

1º Rencontre - grande conversation vers l'aérodrome. vol sur
Buenos Aires. Première nuit - Viol. Absence

2º Révolution. Dijoyen tombe - Contrerevolution. Les
hotels, danger. feu. Il me démenage.

3º Lettre d'amour. partie "de vol de nuit" Crémieux me parle
de son talent d'écrivain, et me conseille
d'accepter ses propositions. lecture pub de
sa lettre.

4º Fiancailles. enthousiasme. scène au terrain du pilote
renvoyé. premier angoisse. Lecture d'allures
moeurs des argentins. je croque. Les amies
de mon premier mari se fâchent.

5. Dans la chambre des enfants terrible, je souffe
le retard de notre invite au mariage.
"sa mère?" A la mairie il pleut. je renonce
à l'épouser. je décide subitement de revenir
à L... Joie!

6 sa mère enfin a pris le bateau! mais je pars pour
Paris. il ne le croit pas. il est calme.
"maman arrivera bientot." s'embarque.
les amies de Enrique me donnent des fleurs
et du courage!

7 A Paris
10 rue de Castellane. Lucien m'attend, il est fâché
mais en parlant il commence à comprendre
des explications. mon chien manque...
La secretaire été ...

《小王子的玫瑰》內容大綱，康綏蘿把它稱作《聖修伯里的一千零一世》。

　　她用青銅、黏土雕塑許多他的半身像，她承認這是一種和他接觸，撫摸他、擁抱他的方式。她的身體狀況漸漸變差，深受肺氣腫和哮喘之苦，蔚藍海岸讓症狀稍稍緩和，這就是爲什麼她愈來愈常去那裡。從此以後，時代與風尚的沸沸揚揚讓她覺得疲憊，她以聖修伯里的方式寫道：「我不再屬於這個文化，儘管我僞裝自己……我想要沙漠和蒼穹的那份寧靜，直到永恆。」

　　因爲她持續當一人的講述者，所以經常被徵惠參與廣播節目，賈克・宋歇爾（Jacques Chancel）讓她主持一個名叫《廣播透視》的節目，她總是一樣高貴，身穿時裝店及皮草商所提供的服飾，享有法國航空提供的終身免費搭乘，當一位知名的玫瑰栽種者獻給她一朵紫玫瑰時，她語帶幽默地接受這份榮耀，開玩笑地說，這朵玫瑰以前是小王子的玫瑰，現在身上的刺比柔嫩的花瓣還多。她的雙手因爲老化而變形，她甚至還打算寫《小王子》的續集，恭敬地收入聖修伯里的原始插畫，這是當時美國出版商未收入其中的。

　　一九七九年於格拉斯，因爲哮喘發作離開人世，由身爲祕書的約瑟・馬丁內繼承一切，康綏蘿安葬在拉雪茲神父墓園，於前夫戈梅茲・卡希羅身旁。還有一段時間，因爲她的消逝，人們對聖修伯里從束縛的兩人生活，得到解脫的影像更加深刻，以及他英雄式地交付給命運。

　　在康綏蘿從紐約帶回的行李箱中找到的打字稿，都未曾被公開過，一直到成書出版，對聖修伯里百年的冥誕造成眞正戲劇性的發展。安東尼的讀者突然發現他有一個妻子，一個四處跟隨他的妻子，一個他沒有停止寫信給她、向她訴說情意的妻子，此書成爲他百年紀念活動的主角，立即得到成功的回響，也旋即被翻譯成二十七種語言，環遊世界一周。一年之後，《週日書信集》也相繼出版，信件始於一九四三年，在等候聖修伯里消息的期間所寫，爲了在他返回時，能朗誦給他聽，比《小王子的玫瑰》更扣人心弦，以數行文字就道出他們之間空前的愛情故事。

　　聖修伯里曾經說過：「只有妳能滋養我，因爲妳是我生命中的糧食，我土壤中的肥料。」康綏蘿總是知道如何回應：「在我的生命裡，有一扇大門，那就是你，無論任何時刻，我隨時都可以進入，因爲當我想要的時候，它就會敞開來迎接我，感謝上帝創造了你，而且讓你和我相遇。」

康綏蘿的畫作，想像自己依戀這隻「棕色的熊」，她就是這樣稱呼安東尼的。

《小王子的玫瑰》打字稿。

「你說的沒錯，
生命值得好奇地活著，
它用秀髮把我們牽繫一起，
但是為了活著而活著
是宏偉的。」
——康綏蘿

為了籌備康綏蘿・聖修伯里的遺物展，
她的繼承人約瑟・馬丁內拿掉保護此畫
的框架，
這幅畫一直由康綏蘿收藏，
他激動地發現此畫的背面有張康綏蘿的
肖像，這樣一來，
這對佳偶就在畫布上相會。

「我的丈夫，
我永遠的丈夫。」
——康綏蘿

引文出處

· 所有康綏蘿的引文全部摘錄自《小王子的玫瑰》，
普龍（Plon）出版社，2000年。

安東尼·聖修伯里的引文摘錄自以下作品：

p.10：給露易絲·維爾莫罕的信，出自《自傳和有歷史記載的資料》，目錄n°316，修道院圖書室出版，2005年。

p.12，13，14，18，69：《給母親的信》，伽利瑪出版社，1984年。

p.128，158：《南方郵件》，伽利瑪出版社，1929年。

p.84，92，96，101，116，119，123，130，132，142，144：《戰爭時期的作品集》，伽利瑪出版社，1982年。

p.21，102：《風、沙、星辰》，伽利瑪出版社，1939年。

p.10，22，30：《聖修伯里》，國家檔案室出版，1984年。

編按

所有信件的謄本尊重康綏蘿的原始風格，但是修正其拼字錯誤；
她的法文偶爾會有使用不當的情形。

書信膽本

插圖取自康綏蘿的作品

p.36

康綏蘿致聖修伯里，於馬西里亞客輪上

吾愛，東尼歐

我生病，發高燒！

你好嗎，吾愛，告訴我你在忙什麼，有振筆疾書嗎？我想從里約打電給你，我很痛苦！唉！我要你寄幾頁新書給我，這樣就可以和克米爾一起挑選，然後出版，可以為我做這件事嗎？給你我的擁抱。

康綏蘿

p.47

安東尼致康綏蘿（摘錄）

親愛的金羽毛，今天吹著強風，風沙漫飛，整個沙漠滿是塵土，看不見任何東西，你在離我二千公里外的寧靜別墅酣睡著，而透過我們木室的板條，我傾聽著每當風沙捲起時就會傳出的古老怨言。

p.48-49

康綏蘿致安東尼

我的魔鳥，

你已經在天空，但是我還看不到你，夜幕已低垂，你還在很遠的天邊，天亮後，我會繼續等你，當你向我們家靠近的時候，正是我睡覺的時間，我會到機場等你，親愛的丈夫，你引擎轟隆隆的聲音在我心裡響起，我知道明天你就會坐在這張桌子旁，囚禁在我的眼中，我可以看到你、撫摸你……卡薩布蘭加的日子對我就變得有意義了，這就是我得忍受整理家務的理由，而這一切的一切都將是美好的，當我的魔鳥歸來對我高歌時：「上帝是如何把妳保護在祂崇高的愛當中啊。」

金羽毛

《茨岡人》，底圖，1961年。

p.50

安東尼致康綏蘿

我摯愛的珍寶，

我太想妳了，如果可以，星期天我去看妳，希望妳過得幸福，享受在陽光下的午休，也希望我親愛的母親，會像對待我一樣來照顧妳，還有希望妳愈來愈美麗。

p.52

康綏蘿致安東尼，於聖莫里斯

我的東尼歐，

我住在整間房子裡最棒的那個房間，母親早就為我們準備好了，你應該更要常來探望她，沒有收到你來信的日子，你的著作和畫像讓她得到安慰。

我在這裡過得很好，但是沒有你在身邊，所以快樂不起來，你呢，吾愛？我會努力待在這裡兩個星期，不能再久，母親期待奶奶、瑪特阿姨、舅舅、兩個英國人以及娣娣和熙兒的到來，我不喜歡一定得向家人寒暄的日常禮儀。請你要好好照顧自己，無法前去摩洛哥和你一起生活，我覺得失望，因為在巴黎，朋友經常彼此食言。

原諒我用打字機寫信給你，就如我所渴望的，讓我跟你吻別吧。

康綏蘿

安東尼致康綏蘿（摘錄）

吾愛，

我在這裡已經三天了，一切都安好：停機棚、機場、辦公室，這是個平靜的夏天，所有的信件都安全送達。巴黎距離這麼遙遠，在這裡無法照料那兒發生的一切，辦公室窗台下的金蓮花已經盛開。

p.56

尚‧波隆致安東尼‧聖修伯里

於十月十七星期五

先生您好，

再過不久，你會送我那本由新法蘭西雜誌出版、您曾經和朋友談過的那本書吧？我已經迫不及待。

我想寫個報導，是關於紀堯梅先生那次墜機的故事，這有可能嗎？您可以代我向他要求此事嗎？

致上我最美好的回憶

尚‧波隆

p.65

康綏蘿致安東尼

於午夜

174

晚安，東尼歐，

因為你的要求，所以我才回來，為什麼我要獨自一人帶著我最後的羽毛回來，真蠢？我好冷，我非常難過地入睡，也許在夢中會有天使來看我。

p.74

尚‧波隆致康綏蘿

親愛的康綏蘿，

所有的紙頁都讓人眼睛為之一亮，春天這麼快就讓妳痊癒了！很高興偶爾會收到妳的好消息，我看妳已經恢復得差不多，可以展翅飛翔了，期待很快與妳見面，如果閱讀是允許的，我將寄給妳一本小小的寓言故事。

尚‧波隆獻上我的擁抱

p.76

康綏蘿致安東尼

這是個很悶的夜晚，我想黑夜已經把你吞沒，因為我的心糾成一團，無法呼吸。親愛的丈夫，我沒有其他了解我、能依據我的願望來愛我的朋友，我有一個天大的祕密折磨著我，我要對你傾訴這個祕密：我愛你，我愛你，親愛的丈夫。當我生病，對你漠不關心時，不要埋怨我，此刻我覺得累，我難以對你開口：我病了，我很虛弱，而且當我受不了時，我就不再是原來的我，我不再有真實的反應。手術後，我精疲力盡，也付出代價，但是當我想起無數夜晚你令我安慰的誓言，我就感到欣慰，我真的需要你的安慰，我的丈夫，為了你，我奮力成為一個堅強、美麗、有智慧而且屬於你的小女人。

p.102

伯納‧傑費斯致康綏蘿

一月十五日，於亞維儂

《貝文房舍》，畫紙作品，1943年。

今晚我和一個關心所有運動的飛行員在一起，也屬於巴馬科（Bamako）第三十七聯隊，曾經賣一頭小母獅給妳的丈夫。也許這個受爭議的豐物是要送妳的，他偶然跟我提到這件事，所以我就沒有再多問。接下來很長的時間，我們都在談論有關風暴和一切沙漠的故事，但是比不上妳兩隻羚羊的故事，就是有一天，兩隻羚羊離開了，而且不再回來……

今晚，我待在一間很溫暖的旅館，吃了一隻大菜兔，因為將會有一段時間，妳不會吃這類食物，這是身為單身的悠哉！

親愛的，今晚大家跟我說很多妳丈夫的好話，為什麼妳是這樣一個大人物的妻子？他讓妳覺得幸福嗎？請坦白告訴我，我還記得，一開始妳對我說，我在你心中的分量是百分之五十，之後在亞維儂是百分之七十，妳離開之後，又

退回百分之五十，請告訴我此刻是最重要的。妳，對我而言，是百分之百，在我的生活裡，沒有一丁點的思緒能遠離妳的容顏，但是我想見到妳的人，我開始害怕自己不停地和那個沈默的妳交談，她變得不真實，她的線條慢慢變模糊。

求求妳，跟我說說話，卡希麗塔，跟我說一點話，就像今晚我跟妳說話一樣。妳會突然間什麼都不記得嗎？妳已經改變心意？（就像妳離開當天，給我最後的印象，我不喜歡那樣。）妳已經往另一個旅途，另一個更遠的海市蜃樓出發了嗎？我很痛苦，妳知道的，我的心碎了，來救救我吧……

一月十六日

在亞維儂，我依然整天工作，我不浪費時間，必須要這樣，希望妳很快收到我的電報，也希

《艾塔娜》（Etna，位於義大利），畫布作品，1962年。

吾愛，

今早我六點就醒來，穿著睡衣跑到湖邊泡腳，湖水很棒，莧紅的太陽從鄰近的山巔後方升起。我想你，心愛的，思念你、夢見你讓我覺得幸福，儘管得知你是史上年紀最長的飛行員令我心生恐懼，親愛的，如果全世界的男人都像你一樣！我必須趕著到鎮上的一間小天主堂，那裡每天七點半舉行彌撒，是這裡唯一的彌撒，這裡很少有天主堂和教士，我想在教堂內沒人坐的長椅上坐下，今天是你的生日，這是我僅能為你做的，老公，我要換衣服，走到教堂要花三十分鐘，所以我得用跑的，再見了，如果在這個星球上，我們不再相見，記得你可以在上帝的身邊找到正嚴肅等待你的我！你深植我心，就好比植物長在土裡，我愛你，你是我的珍寶，你是我的世界。

妻　　　康綏蘿，一九四四年六月二十九日

p.131

安東尼致康綏蘿（摘錄）

親愛的，我得再跟你談談這些對別人懷恨在心的人，寶貝，我不再相信這些人，親愛的寶貝，我再也受不了，再也受不了。金羽毛寶貝，在這一切的是是非非中，請當我的泉水和花園，親愛的寶貝，我需要懂得珍惜某樣東西，否則我會覺得飄渺、飄渺，這麼地飄渺，以至於就要消失無蹤。

望很快得到妳的回音，但是我要的是信，妳應該寫給我一些很長、很美的信。今天我想起我們初識的那幾個夜晚，當時我必須陪妳到蘋果城，我們在找尋那個城堡，對那個夜晚我依然感到很後悔，我們以前的日子不是這樣的？我們跑遍各個角落就為尋找一個非常稀有的地方，精疲力盡的我們還是沒找著，我就讓妳離開，這讓我感到沮喪，但是不要忘記，此次亞貝爾冒險的隔日，我還是懂得再把妳找回來，我愛妳。

伯納

p.134

康綏蘿致安東尼

從一開始寫信給你，我就心驚膽顫，怎麼做才能讓你收到這些信？我交給文斯李十二封，希望上帝能將它們交到你手上，帶著我所有的祝禱和親吻。

你的薔薇

p.129

康綏蘿致安東尼

於喬治湖，六月底，你生日當天

p.135

康綏蘿致安東尼的電報

你的電報讓臥病在床一個月的我從床上起身，你是我唯一的音樂，兩個月來沒有收到你任何信件，杳無音訊讓我不知所措，我唯一的地平線是我們的愛和你的創作，請開始你偉大的著作，朋友和出版商都在拭目以待，就好比我在等待你歸來。你不在的日子，我流了這麼多的淚，也許我的雙眼將無法再辨識你小小的字跡，但是我會聆聽所有耐心等待你歸來的朋友對你的崇拜和讚美，我聖誕節唯一的禮物就是你的電報，我的快樂就是開始溫柔地替你鋪床，因為上天要你早點歸來，深深地擁吻你。

康綏蘿・聖修伯里

p.137

安東尼致康綏蘿（摘錄）

我親愛的老婆，我想告訴妳，在北方港的日子，我是多麼的幸福，如今我才泰然明白，那裡也許是我一生中最後的天堂，我親愛的老婆，妳替我點燃了巨大火把，讓我的內心可以得到喘息，沒有辛酸，沒有悔恨，沒有遺憾。

p.138

安東尼致康綏蘿（摘錄）

小親親康綏蘿

我的小寶貝，我的薔薇，我有點瘋狂的妻子，親愛的，妳過得如何？我好想妳，我真的好想妳，好像清涼的泉水沁人心底，可是，老天知道，妳是多麼的令人難以忍受、多麼的激烈、多麼的不講理。儘管如此，還是有為人妻的那一絲靜謐的光芒，一份如此體貼的溫柔，小親親康綏蘿，妳是我一生一世的妻子，直到我生命的盡頭。

p.140

安東尼・聖修伯里手稿（一九四四年一月）

康綏蘿每晚必讀的祈禱文

上帝，不需要讓您這麼勞累，只要幫我讓我做自己。在微不足道的小事裡，我似乎是愛慕虛榮的，但是在關鍵的大事裡，我是謙卑的；在微不足道的小事裡，我似乎是自戀的，但是在關鍵的大事裡，我可以奉獻全部，甚至是我的性命；在微不足道的小事裡，我似乎經常是不聖潔的，但是只有在聖潔裡，我才會覺得幸福。上帝，讓我永遠成為我丈夫懂得解讀的那個我，上帝啊！上帝！請救救我的丈夫，因為他真的很愛我，因為沒有他，我將會是孤苦伶仃，但是請讓他先我離開人世，上帝，因為他看起來好像很堅強，但是他會焦慮不安。如果在這房子裡，再也聽不到我發出聲響，上帝，首先請讓他遠離焦慮不安，讓我在這個家一直製造聲響，即使是睡覺的時候，我偶爾也會打破東西，請幫助我保持忠貞，不要去看那些他所不屑的人、或是討厭他的人一眼，這會替他帶來不幸，因為他在我身上繁衍他的生命，上帝，請保佑我們的家，您的康綏蘿，阿門！

p.143

康綏蘿致安東尼

我的巴布亞

自從你離開阿爾及利亞，我就對你一無所知，戰爭讓你忙得不可開交，就像所有人一樣，你不覺得需要透過信件來安慰我、寶貝我，我生病了，你杳無音訊讓我焦慮不安，我覺得我的痛苦就要永遠地結束了。東尼歐，跟我講講話，你在我們之間所拉開的距離、深淵令人生畏，親愛的，請給我你的自信，因為我就要死去，我頭腦不靈光，幫幫我，救救我吧，寫信

給我，不再寫信給我嗎？親愛的，獻給你我的
擁抱，我是痛苦的，不知何去何從，請盡快給
我你的懷抱，讓我能靜下心來，讓我成為你的
一小部分。

康綏蘿

以下這兩封康綏蘿‧聖修伯里寫的信收錄在
《週日書信集》（普龍出版社，巴黎，2001），事
實上，在他丈夫失蹤後的幾個月，康綏蘿已習
慣寫信給安東尼‧聖修伯里，這些信有時會和
以前的內容重複，在此我們刊出兩封，是最原
始的手寫稿，有些段落比較短。

pp.144-145

康綏蘿致安東尼

紐約市比克曼廣場二號

我的東尼歐，我的愛人，

我在貝文房舍的那間小客廳裡，小王子就在他
誕生的那張桌上，我一個人和亞尼巴爾及年邁
的護士安東妮特，我還留下她，是因為在你離
開的時候，她陪我一起哭泣，為了節省開支，
每個月我都想遣散她，但是她依然留下來，我
從來就不知道銀行有沒有錢。告訴你這些讓我
覺得丟臉，地球上很少有我一心想要的東西，
甚至是這片大地！心愛的，你什麼時候回來？
我知道要寫信給你很費勁，每寫一個句子，就
要拿下眼鏡，因為眼淚，但是在這裡，在去年
還是你的辦公室裡，我覺得離你比較近，房子
裡一切都沒變，有許多紅色小球裝飾的小樹在
壁爐上，大的地球儀在客廳裡，而長大許多、
變乖的亞尼巴爾在打盹，我盡量讓自己心情平
靜，經常為我們兩個祈禱，親愛的，你要請你
的星星朋友，保佑我們，讓我們團聚。

你教會我一件好事，自己也應該要強壯一點、
堅強一點，有時候我覺得就要失去理性，你很

《丹尼斯‧盧傑夢》，日期不詳

清楚是為什麼，因為知道你長期置身在危險當
中。在火車上偶爾我會像個小女孩一樣哭泣，
就像是剛剛和服役中的未婚夫分手，他正離開
前往戰場。盧傑夢盡所能地幫我，和平常一
樣，他在休假日會過來，他給我一百美金付這
裡的房租，但是沒有電話，計程車也很貴，客
人都認為這房子太遠了。前幾個月，我很高興
它位在這麼遠，但是魯修建議我搬到其他地
方，建議我要多點年輕的氣息，有段時間，我
的沈默讓他們擔心，但是這是維繫你我唯一的
線。我寫很多信給你，但是一旦放進信封袋，
我就把它們撕毀，因為它們無法表達我所要傳
遞給你的，這你是知道的，老公，我不會再跟
你說這些來困擾你了。

我的東尼歐，我不要你難過，我不要你像隻沒
有花朵陪伴的蝴蝶那樣孤單，我的愛人，因為
你給我力量來照顧你的心、你的身體，帶走我

所有的芬芳、整個靈魂吧，有讓你臉孔清涼的微風為伴，放手去做吧，它會輕撫你那雙我疼愛有加的手！

親愛的，我也一樣活在永恆裡，我會乖乖地等你，如果我先你離開人世，但是上帝是善良的，祂看得到我們團聚在一起，因為我已經請祂給予我們的家安寧和愛。東尼歐和康綏蘿的家，一個盡可能樸實的家，在有丈夫、愛犬陪伴的樹下，我將日夜歡唱，親切對待所有路過的人，而你也要為所有焦慮不安的人們，揭開星辰正義與光亮的詩篇，我將為你烤肉和準備甜美的水果，在你午休的時候，我會將我的雙手交給你，不和你分開，回來吧，我的愛。

我不知道你是否收到我的信，我只收到你三封信，我請求你告訴我，如果你考慮讓我去非洲，如果這樣可以更接近你，而不是孤獨一人！在我頭部受傷後，人很虛弱，一轉頭就會暈頭轉向，而我還沒這麼容易就適應新的腦袋瓜──極度恐懼的腦袋，當然，是因為你的離去！

我喜歡你寫給我的信，讓我回到最美的內心，回到最神聖的地方，這是上天同意讓我回味品嚐，我感謝你，我相信你。

你會回來的，我的戰士丈夫，回到我身邊，回到生活裡，回到朋友身邊，再創作一本美麗的書，獻給我當作生日賀禮，我們將生生世世活在這個星球上。

在你的信裡，我尋獲我們初識時的歡樂、我們最初的相遇、我們最初的情感，特別是在婚後的幾年，你給我的那份完整的愛，謝謝你，老公，回來給我你的愛，如果上天幫我這個忙，我將會懂得珍惜，親愛的，回來吧。

《小王子》深受大家的喜愛）

我停筆了，我覺得不舒服，而且信使總是來得匆忙，我不喜歡寄給你在獨處的夜裡所寫的舊信，我要為你高唱我唯一的歌，獻給你的唯一情歌，

深深地擁吻你，直到你歸來。

你的妻子，康綏蘿

p.147

安東尼致康綏蘿電報

心愛的康綏蘿，在聖誕佳節離妳這麼遙遠，讓我感到十分沮喪，在無比的辛酸中，信是我唯一的安慰，能再見到妳是生命中唯一的喜悅，因為思念妳，我蒼老了百歲，從沒像現在這樣這麼愛妳。

p.147

康綏蘿致安東尼電報

你六月的來信讓我喜極而泣，我想用雙手撫摸你，我請求你好好照顧我的丈夫，把他完整地帶還給我。

你的康綏蘿‧聖修伯里

p.148

安東尼致康綏蘿（摘錄）

沒有你在身邊的日子是何其悲傷。

絕對不要一點音訊都不給我，這是我心靈的糧食。

哦！康綏蘿，我很快就會回來在四處畫滿小王子……

康綏蘿，安東尼愛妳。

p.151

康綏蘿致安東尼

一九四四年，二月二十二日

東尼歐，我的飛魚，我獨一無二的蝴蝶，我的愛，我的魔術盒！

你的最後一封信，我已經牢記在心，為了緩和漫長白晝的等待和不安，我還需要你再給我其他的信。

儘管我努力工作，在作畫的同時，要求自己要心無旁鶩，又有什麼用呢，這幅畫又是為誰而畫，甚至還畫得不好，我找到和焦慮玩捉迷藏的方法。

我和正在眼前的這幅肖像說話，它有一平方公尺大，你的眼睛像是深邃的湖泊，你的嘴巴容得下我的手，然而和畫中的相比，實際上你的嘴巴是這麼的小。

《音樂家》，畫布作品，1955年。

我想起你的笑容，而我相信就是你微笑的魔力，讓我成為你一生的妻子，沒有人懂得像你一樣地微笑，我知道這不同於一般的微笑，你很清楚我想說的是什麼。對我來說，這是一份恩典，一種感謝這塊土地上所有美麗事物的方式，就好比是樹上的果子。你的笑芬芳我的心，如果我是一位魔術師，我會永遠帶著它，讓你小嘴巴上的律動成為永恆。已經一個月，我沒有收到你任何的消息，甚至更久，我記得在一月的第一個禮拜，收到那封漫漫長信的大禮物，裡頭盡是對康綏蘿的思念，盡是康綏蘿的肖像，為康綏蘿的祈禱，對康綏蘿的愛。

但是我必須日日夜夜、每分每秒用雙手抱住我的頭，才能說服自己你還好好地活在某個角落，有一天，你會回來用雙手撫摸我，為了撫平我的皺紋和恐懼，也許能治癒我的瘋癲。你很清楚我將會用一生的時間來等你，即使老到記不得事情。

我還是你的智囊團，我的丈夫，我會乖乖地照顧自己、勸自己，我寧願相信我們後半輩子會安穩的過日子、會幸福，但是你杳無音訊，我的身體因懷疑而顫抖，我臉色蒼白、身體發燙，無法再作畫，對任何事都不感興趣，我完全換了個人。

康綏蘿

你有收到我的照片嗎？也寄一張你的給我。

p.159

康綏蘿向郵政航空公司所有駕駛員致意的詩

朋友

千千萬萬隻手臂緊緊圍著他

弗朗索，小小瑪德蓮（Madelaine，譯註：聖經中悔過的女罪人）

而莫西，羊毛紡紗工

尤弟，中國的小靈犬

人稱之為天之驕子

伯克，重獲自由的製銀鞋奴隸

所有馬拉喀什的孩童（Marrakech，譯註：位於摩洛哥）

當他們因生活拮据而窮死

還有全非洲的飛行員

來自達卡、聖路易、亞卡地、汝比角的飛行員

還有全美洲的飛行員

雙肘倚靠在雅荷藍橋的泉水邊

形成一行列

當安地斯山脈釋回梅莫茲和紀堯梅時

安德烈‧魯修致康綏蘿的信

紐約，九月四日

親愛的孩子，

我完全不相信歸咎於法莉塊特的那檔事。今天早上，我發覺你的信語意不清，充滿憂慮，今天夜裡，我從北聖伯藤（North Sanbornton）回來，我在朋友傅黑先生家的農場待了四天，我真的難以做抉擇，想去和你共度一些時日，也不想錯失一些忠實朋友。

從一九四一年，我每年都會到這些朋友家度假，沒有什麼比不恰當的行為更讓我難過；而現在我知道我將在法國度過我所有的假期，無論如何，去年夏天，我並沒有拋棄我的朋友，有晴朗的好日子，有下雨的日子，還有令人驚嘆的暴風美景，然而昨天，天氣寒冷，明亮的日光下，一股真正的寒意。

今天我應該會收到妳的信，這幾天我空前地思念妳和東尼歐，去年就在那裡，我得知這個不幸的消息，然而，在報紙刊登消息的時候，我的確不相信，我和妳一樣懷抱希望。上星期五，在有熊熊火焰的壁爐前，我跟傅黑家談了幾個小時，他們都知道他是有才華的人。

我會去拜訪賈斯東，告訴我的想法和一切知道的事，當我跟你談我所知道的事情時，從來就不扭曲事實，只針對我所聽到有關他的一切，以及東尼歐對妳的感情，他說到「我的老婆」時，就像農夫在說「我的土地」，帶著一種像是佔有物的口吻，毫不開玩笑，我目睹他錯愕的樣子。當他想到可能會失去妳，就是妳胡言亂語說那個黑人已經差不多要把妳殺了，而他交給我最後的留言是告訴妳他愛妳……

我現在後悔沒有接受東尼歐想託付給我的鑰匙，我問我自己如今我們還有幾個他所謂的朋友，能拋開一切關於他的成見，意志堅定地尊重他，也使其他人尊重他對於世俗的想法。

我會去拜訪紀德，也告訴他我想讓他知道的事，我真的想看到妳封閉雙耳，它們只會讓妳聽到無稽之談，會毀掉妳，我覺得如果我是妳，不會讓別人對我談論東尼歐，妳驚濤駭浪的人生包含他熱情的時光，沒有人可以從妳身上把它取走。

我想妳回來的時候，我應該還在這裡，我拿到法國進出許可，但是尚未有美國再次進入許可，真心地給妳我的擁抱，東尼歐的妻子。

安德烈‧魯修

康綏蘿的祈禱文

玫瑰的天父

眾人的天父，有花園的地方就有您。

請讓所有的玫瑰芬芳整個星空，在這塊昏暗的大地指引著大炮，指引我們園丁士兵的步伐，回到他們的家。

我請求您，上帝，玫瑰的天父，幫助他們聽到我們的心，直到我們在您的花園裡相會。

但願能如此，阿門。

小王子的玫瑰

給《小王子》美國出版商的提議信

我想要替安東尼和小王子之間的對話寫下完美的句點，藉此收錄我丈夫三張未公開的插畫，以及另外三段小王子的冒險故事，只有我一個人知道的故事，因為我丈夫不曾在他作品中發表過。

當然，如果您感興趣，針對這三張圖和未發表的故事，我會向您提出一份計畫書。

p.164

康綏蘿‧聖修伯里爲《伊卡爾》雜誌寫的文章

康綏蘿把頗多未公開的資料交給這本法國飛航雜誌，此雜誌以紀念安東尼‧聖修伯里的特刊來發行，資料出版的同時，附上這篇康綏蘿執筆的文章。

每一次打開這些盒子和檔案，我都禁不住地顫抖，因爲裡頭堆滿我丈夫親筆的信、電報和圖畫，滿滿都是清晰難忘的溫柔，以及已成過往的祕密，有著悲情的氣息和最美的往事。這些布滿星星的泛黃紙張，上頭有高貴的花朵和小王子，正是幸福最佳的見證，對於這份已逝去的幸福，每一年，我對它的優美與特別之處的體會就更強烈。安東尼是世界上唯一能讓電報充滿個人抒情磁力的人，在不具名的藍色紙張上的記號和信件，用他的聲音來吐露眞情，今天我依然能再次感受到此聲音的愛撫、光彩和轉折，他的聲音就像他的人，曉得把童年時期神祕的魔法和人類偉大的夢想相結合。

這就是爲什麼一直到今天，世界各地的小孩和成人，都深愛著安東尼‧聖修伯里的夢想和旋律，也是爲什麼我願意公開我寶庫的一部分。

這些寫給我的書信，已經二十年，它們曾經是我的財產，現在已經變成遺產。

康綏蘿‧聖修伯里

p.167

《小王子的玫瑰》內容大綱

在馬堤加（Les Martigues，譯註：位於法國南部羅納河口省的港口）的日子

1. 相遇—對於機場偉大的談話—飛行在布宜諾斯艾利斯的上空—初識的前幾個夜晚—飛行
2. 革命—弗葛洋的衰退—對抗革命—旅館—開戰的危險—他要我搬家
3. 情書—談及《夜間飛行》—克米爾跟我談論他寫作的才華，他建議我接受他的提案—閱讀他的信
4. 婚約—熱情—抵達被解聘飛行員的基地—首度的焦慮
5. 在搗蛋鬼的房間—因爲婚禮來賓遲到而受折磨—「他的母親」—他在市政府落淚—我取消婚禮—我決定離開前往……喜悅！
6. 他的母親終於搭上船—但是我離開前往巴黎—他不相信自己是心平氣和的，「母親就要抵達」—上船—恩里加的朋友爲我獻花和打氣！
7. 巴黎，卡斯塔蘭街十號—陸斯安在等我，但是告訴我他開始明白我的解釋……

小王子的雕像

圖片一覽表

約瑟馬丁內‧菲克圖歐索提供的照片：p.10上、11、13上、14、15、16左下、24、25、26、28下、29上、30、31下、33上、34、39、41下、42右上、43、45上、46、47上、51、53、54上、61、69、70、73上、75上、81、83下、84、85、86、87、88、89、90左上、91上、92上、95、100、103上、104上、106、108、110、111、113上、118、125上、126、127、128、130、131下、136下、139、141、164、169。

菲力普‧費柔／約瑟馬丁內‧菲克圖歐索提供的文件：p.10下、16右下、17下、19上、20下、22下、23、27、29下、31上、32、33下、36、37、38、40、41上、42左上、44、45下、47下、48、49、50、52、54下、55、56、57上、58下、59下、62、63上、65下、66上、68、72、73下、74左、76下、78、79、82、83右上、90右上、93、94、96、97、98右、99、100上和左下、102、103下、104下、105、107、109、111下、113下、114、115、116上、117下、118下、119、120右、122上、123、129下、130下、134下、135、137下、138、140、143、144、145、146、147、148、149、150、151、154上、155、158下、159、160、161、162、163、166、167、169、170、171。

傑厚蒙‧柏克納／約瑟馬丁內‧菲克圖歐索提供的文件：p.19下、28上、42下、58上、59下、60下、63下、74右、80下、98下、101右下、112、116下、117上、120左、121、122上、124、125下、152、154下、156、157、158上、165。

強‧菲力普基金會提供：p.129上、130、131上、132、133、135、137上、139、140、142、144、147、148、153。

李歐‧韋泰：p.63右、64。

侯傑‧維歐烈：p.12、13下、16上、18、20上、21上、22上、35上、67、71、76上、80上、83左上。

航空博物館：p.17上、60上。

法國航空公司收集館：p.21下、35下。

資料街：p.65上、98上。

哈柏公司：p.57下、59上。

關鍵石公司：p.66下。

電視影像／曼雷／ADAGP：p.75下。

DR：p.77。

感謝

尚畢埃爾‧蓋諾，此書的構想來自他；米歇爾‧博萊寇，他促使法國新聞台加入我們的行列；克勞特、西爾芃妮‧韋泰、薇薇安‧荷蜜出版社，感謝他們的善意；強‧菲力普基金會，以及基金會董事長卡羅尼先生，感謝他們的行事效率；莫堤雅娜，感謝她提供一封伯納‧傑費斯的信件；法國航空收集館的巴斯卡‧夢馬松和索妮雅‧文薩翁，感謝他們隨時提供協助；普龍出版社，《小王子的玫瑰》編輯希兒‧貝耶，感謝她的同行情誼；馬丁尼‧馬丁納，感謝他對康綏蘿資料的了解，以及他的贊助；尚‧萊古特爾，感謝他提供歐佩德所有的照片。

國家圖書館出版品預行編目資料

飛行‧玫瑰‧小王子：聖修伯里與康綏蘿的傳奇愛戀／亞蘭‧
維康德烈（Alain Vircondelet）作；李雅媚 譯. -- 初版. --
臺北市：日月文化,2007[民96]
譯自：Antonie et Consuelo de Saint
Exupéry, un amour de légende
192面；18.5×24.5公分. --（大好經典；1）

ISBN 978-986-7057-67-9（平裝）

1. 聖修伯里（Saint-Exupéry, Antoine de, 1900-1944）- 傳記
2. 聖修伯里（Saint-Exupéry, Consuelo de）- 傳記

784.28   95017818

大好經典系列①

飛行‧玫瑰‧小王子——聖修伯里與康綏蘿的傳奇愛戀

作者：亞蘭‧維康德烈（Alain Vircondelet）

資料及圖片提供：約瑟馬丁內‧菲克圖歐索（José Martinez Fructuoso）

譯者：李雅媚

總編輯：胡芳芳

執行編輯：張逸㛃

視覺設計：蔡忠吾

發行人：張水江

副董事長：洪祺祥

社長：蕭豔秋

行銷總監：蔡美倫

出版：日月文化出版股份有限公司

製作：大好書屋出版股份有限公司

地址：台北市信義路三段151號9樓

電話：（02）2708-5509

傳真：（02）2708-6157

E - Mail：service@heliopolis.com.tw

郵撥帳號：19716071日月文化出版股份有限公司

日月文化網路書店：www.ezbooks.com.tw

法律顧問：孫隆賢

財務顧問：蕭聰傑

總 經 銷：凌域國際股份有限公司

電話：（02）2298-3838

傳真：（02）2298-1498

印刷：禾耕彩色印刷

初版：2007年1月

定價：380元

ISBN-13：978-986-7057-67-9

ISBN-10：986-7057-67-8

ANTONIE ET CONSUELO DE SAINT EXUPÉRY, UN AMOUR DE LÉGENDE
by ALAIN VIRCONDELET
Copyright ©
This edition arranged with EDITIONS DES ARENES(LES ARENES)
through Big Apple Tuttle-Mori Agency, Inc
Complex Chinese copyright © 2007 HELIOPOLIS CULTURE GROUP/PHOENIX CULTURE CO., LTD
All rights reserved

日月文化集團
HELIOPOLIS
CULTURE GROUP

親愛的讀者您好：

感謝您購買日月文化集團的書籍。
為提供完整服務與快速資訊，請詳細填寫下列資料，傳真至 02-2708-5182，
或免貼郵票寄回，我們將不定期提供您新書資訊，及最新優惠訊息。

大好書屋　讀者服務卡

*1. 讀友姓名：_____

*2. 聯絡地址：_____

*3. 電子郵件信箱：_____

（以上欄位請務必填寫，僅供內部使用，日月文化保證絕不做其他用途，請放心！）

4. 您購買的書名：_____

5. 購自何處：_____縣/市_____書店

6. 您的性別：□男　□女　　生日：____年____月____日

7. 您的職業：□製造 □金融 □軍公教 □服務 □資訊 □傳播 □學生

　　　　　　□自由業 □其它

8. 您從哪裡得知本書消息？　□書店 □網路 □報紙 □雜誌 □廣播

　　　　　　　　　　　　　□電視 □他人推薦 □其他

9. 您通常以何種方式購書？ □書店 □網路 □傳真訂購 □郵購劃撥 □其它

10. 您希望我們為您出版哪類書籍？ □文學 □科普 □財經 □行銷 □管理

　　□心理 □健康 □傳記 □小說 □休閒 □旅遊 □童書 □家庭 □其它

11. 您對本書的評價 （請填寫代號 1.非常滿意 2.滿意 3.普通 4.不滿意 5.非常不滿意）

　　書名____內容____封面設計____版面編排____文／譯筆____

12. 給我們的建議

_____

_____

日月文化集團
HELIOPOLIS
CULTURE GROUP

讀者服務部　收

106　台北市信義路三段151號9樓

- -
對折黏貼後，即可直接郵寄

日月文化集團之友長期獨享郵撥購書8折優惠（單筆購書金額500元以下請另附掛號郵資60元），請於劃撥單上註明身分證字號（即會員編號），以便確認。

成為日月文化集團之友的2個方法：

- 完整填寫書後的讀友回函卡，傳真或郵寄（免付郵資）給我們。
- 直接劃撥購書，於劃撥單通訊欄註明姓名、地址、電子郵件信箱、身分證字號以便建檔。

劃撥帳號：19716071　　　　戶名：日月文化出版股份有限公司
讀者服務電話：02-27085875　　讀者服務傳真：02-27085182
客服信箱：service@heliopolis.com.tw

大好書屋

寶鼎出版

唐莊文化

山岳文化

易說館

生命，因閱讀而大好！
Reading creates a wonderful life.

生命，因閱讀而大好！
Reading creates a wonderful life.

生命，因閱讀而大好！
Reading creates a wonderful life.